JN080581

後宮の棘3

～行き遅れ姫の出立～

香月みまり Mimari Kozuki

アルファポリス文庫

https://www.alphapolis.co.jp/

一章

「紫瑞国《しすいこく》についての情報が続々と集まり始めている」

雪稜《せつりょう》からの呼び出しを冬隼《とうしゅん》が受けたのは、戦場から帝都に戻ってふた月後。後宮の騒動からひと月ほど経過したころだった。

「やはり、翠玉殿《すいぎょく》の見聞きした事と各国からの情報を統合すると、紫瑞が何かを企んでいることは明白だろうな」

神妙に呟く兄の言葉に冬隼も深く頷く。

北の大国である紫瑞国が、南の大国であり我が国の友好国である碧相国《へきそうこく》と長く睨み合っている事は、認識していた。しかしまさかそれが直接的に自国に降りかかってくるとは、正直なところ、考えてもいなかった。

それはおそらく、この国の宰相《さいしょう》でもある次兄の雪稜も同じ認識であっただろう。

先の緋堯国《ひぎょうこく》との戦で敵陣に囚われていた翠玉が、緋堯国の陣営で紫瑞国の宰相《さいしょう》である董伯央《とうはくおう》を見かけ、その情報を持ち帰らなければ、おそらく今でも紫瑞国の思惑に気付かぬまま過ごしていたに違いない。

董伯央は、先の戦で小国である緋堯国を唆《そそのか》し、我が国との戦を勃発させた。

我が国と緋堯国との戦は国境線で行われたが、かの地では昔から度々争われていた経緯がある。立地の関係上、明確な勝敗がつきにくく、一度戦に勝てば終わるというものではなかったのだ。

今回も、翠玉の立てた作戦がなかったら、圧倒的な勝利を収める事はできなかっただろう。

とはいえ紫瑞国にとって、結果がどうであれ、戦を経て国力を低下させた緋堯国は手に入れ易いものになったに違いない。

否、むしろすでに内部を掌握《しょうあく》している可能性だってある。

緋堯国を手に入れた後の紫瑞国の次の獲物は、間違いなく我が国、湖紅国《ここうこく》だ。

紫瑞国は敵対する碧相国への陸からの足がかりを掴むだけでなく、我が国で豊富に取れる鉱物資源も目的にしているだろう。

「翠玉殿には、感謝してもし尽くせないな」

兄の言葉に冬隼は、苦笑する。

もとはといえば、突拍子のない彼女の思いつきの作戦と行動が功をそうしたもので、振り回されて陣営の最奥でヤキモキさせられた身としては、複雑な心境だ。

とはいえ知らぬ内に相手の刃が喉元まで迫ってから、その目的を知るよりは何倍も良い事ではあるのだ。

冬隼達は、本当の敵が誰かさえも分かっていなかったのだから。

「大変だな……お前も、翠玉殿も……ようやく戦が終わったと思ったら後宮の黄毒《こうどく》事件に振り回されて、それが終わったと思ったら、また次の戦の話とは……」

すまないな……そう言いたげな雪稜に、冬隼は首を横に振る。皇帝である長兄はもちろん、宰相《さいしょう》である雪稜だって、この件だけでなく、毎日国の様々な事に頭を悩ませているのだ。

軍事《ぐんじ》の事くらい、自分達に任せて欲しいところではあるが、各国との調整はどうしても彼らの仕事になってしまう。負担は確実に兄達の方が多いはずだ。

「後宮であんな事もあったし、周辺国にも怪しい動きがある……皇帝陛下と皇后陛下はどうされておられます？」

少し前に側室の廟妃《ひょうひ》と、第三皇子が後宮を出たと聞いている。

これで後宮に残る皇子は泉妃《せんひ》の産んだ第一皇子である爛《らん》皇子と、劉妃《りゅうひ》の子である第二皇子の惺《せい》皇子のみとなった。

五人のうち二人の我が子が経路不明の毒に侵され、生死を彷徨《さまよ》った上に、視力を失ったばかりだ。子ども達の父である長兄はもちろん、後宮の主である皇后がひどく胸を痛めているであろう事は想像に固くない。

「忙しくしながら、時折泉妃と皇女殿下を見舞っているみたいだ……結局、今代の後宮もこんな事になってしまったと嘆いておられたが……皇后陛下はよく対応してくださっている」

「そうですか……」

時折後宮に出入りしている翠玉から、泉妃と第一皇女の様子は耳に入る。初めは戸惑っていた彼女達も、兄の爛皇子と幼い妹姫に支えられながら、少しずつ前を向いて来ていると聞いている。

とはいえ、皇女と第三皇子に毒を盛った者も、経路も分からない状況は続いているのだ。不安や恐怖は当然あるだろう。

「何処の時代も、なぜ後宮となると、こうなってしまうのだろうな……」

「兄上……」

ポツリとつぶやいた雪稜の言葉に、冬隼は彼を仰ぎ見て、唇を噛む。

自分達が子供だった頃、父の後宮には沢山の妃がいた。華やかに着飾った女達と過ごす事を好んだ父は、そこを私の楽園、私の園だとよく表現していた。

その華達が、陽を浴びない場所でどのように過ごしていたかなど知る事もなく。

そんな女達に翻弄《ほんろう》され、犠牲となったのは、後宮で育つ皇子や皇女達だ。

自分達にとって、父の楽園は茨《いばら》の園でしかなかった。

だからこそ、次の代こそは憂いなく、伸び伸びと子供が育つ事ができるような後宮になるようにと願っていた。

「言っても仕方のない事だな……すまない冬隼。先ほどまで兄上といたからか、どうしてもこんな思考になってしまうらしい」

気を取り直したように首を振った雪稜が手元の資料をパンパンと机に叩きつけて揃える。その音がやけに部屋に大きく響いた。

確かに、いつもは感情を含む事なく淡々と色々な事を処理していく彼にしては珍しい言動である。

ここが人払いのしてある兄弟だけの空間だからなのか、それとも彼が後に引くほどに長兄である皇帝が落ち込んでいるからなのか……

「かまいません。俺も、翠玉も同じ事を憂いていますから」

妻の翠玉も、祖国では世継ぎ争いの波に揉まれ、兄弟三人と母親を失っている。後宮で出回った今回の毒を特定したのもそんな彼女の経験があっての事だった。

故に彼女も、今回の事件の結末には心を痛め、後宮に目をかけている。

「そうか……翠玉殿もか……本当にどこの後宮も碌《ろく》なものではないのだな……だが、お前にそんな想いを分かち合う相手ができた事は兄としては喜ばしいな」

微笑んだ兄に、冬隼は「そうですね」と少しだけ表情を和らげた。

少しだけ、妻を娶《めと》ったばかりの弟を揶揄《からか》おうとするいつもの兄が戻ってきた。


雪稜の執務室を辞した冬隼は、宮廷を後にして、禁軍の演習場へ向かう。厩《うまや》に馬を預けると、丁度よく翠玉が愛馬である無月《むつき》の世話をしているところであった。

冬隼の姿に気付かない彼女は、何やら楽しげに無月に話しかけながら、自慢の鬣《たてがみ》を梳《す》いてやっている。

今でこそ将軍の妻が軍の厩《うまや》にいる姿は誰にでも受け入れられているものの、結婚当初は誰もが彼女のそんな姿に驚いたものだ。

清劉国の皇女として二十五歳という行き遅れの年齢で嫁《とつ》いできた彼女。

国交の少ない云わば敵国の皇室から嫁《とつ》いできた彼女に、当初の冬隼は随分と警戒して冷たく当たったものだ。それなのに翠玉はどこまでも真っ直ぐで、今ある場所で己の持つ能力を活かそうとひたむきだった。

そんな彼女の能力や実力、時に突飛《とっぴ》すぎる行動に驚かされながら、いつしか彼女に全幅の信頼を寄せるようになっていた。

そして彼女が妻として、一人の女として大切な存在であるという事も……すでに否定する事などできないくらい、想いを募らせるようになっている。

「あら、お帰りなさい！」

　こちらに気が付いた翠玉が、ぱっと表情を華やかせる。馬の世話と他にも何かしたのだろうか。少しばかり汚れた姿をしているのにも関わらず、そんな屈託《くったく》のない様子ですら可愛らしく思えて、自然と口元が緩む。

「今戻った。このまま軍本部に行くが、どうする？」

　近づいて彼女の頬についた汚れを拭ってやると、無月がまるで牽制《けんせい》するようにブヒン！　と鼻を鳴らした。なぜか冬隼に一向に懐く兆しのない愛馬の鼻梁《びりょう》を、翠玉の手がよしよしと撫でる。

「本部？　……分かったわ！」

　たったそれだけのやり取りで、冬隼が雪稜のもとから、何か情報を持ち帰ったのだと翠玉も察したらしい。

　そのまま連れ立って馬を歩かせ、本部に向かう事にした。

　乾季《かんき》も終わりに近付いたものの、日中の暑さはまだ和らぐ事を知らない。鋭い日差しを避けて、樹々の茂る道を選び、並びながら馬を進める。

「やはり、紫瑞国はここ二、三年で軍事《ぐんじ》の規模が随分と成長しているらしい。おそらく碧相との協定が決裂する事を見越した上で前々から準備をしていたのだろうな」

　雪稜から聞いた情報を掻い摘んで話す。

翠玉の真剣な視線が冬隼を見返してきた。

「あの段階で、紫瑞と碧相の協定が締結できるなんて思ってもいないでしょうしね。あんなに睨み合っていた国同士なんだもの。そうなると、やはり彼等の狙いって……」

その先に彼女が言わんとしている言葉は、言わずとも冬隼には分かった。

ここ数日、この件に関する話をする度に、二人の読みは一致していた。

「やはり、紫瑞国の狙いは大陸の統一だろうな」

頷いてやると、翠玉は大きく息を吐いて天を仰ぐ。

「あっては欲しくなかったけど、予想通りだったわけね」

「そのようだな」

冬隼からも大きなため息が漏れた。

何度、自分達の思い違いである事を願っただろうか……

実際、この話を冬隼に聞かせた、あの切れ者の雪稜でさえ、信じたくないという顔をしていた。多くの者がそう思っているのだろう。

「早めに手を打たないとね。雪義兄上様はなんて？」

「紫瑞国と敵対している碧相国、交流のある響透国《きょうとうこく》に、緊急の使者を出したそうだ。早急に会談し、対策を立てねばならないからな。各国の出方にもよるが、数日中には我が国で会談の席を設ける事になるだろう」

現状、大陸は絶妙な力関係で成り立っており、紫瑞国はともかく他国は大きな戦を望んでいないはずだ。おそらく、ひと月中には各国から要人達《ようじん》が駆けつけてくると読んでいるらしい。

「また、忙しくなるわね」

前回の戦の余韻《よいん》も覚めやらぬ内に次の戦が迫っているのだ、兵の疲労や怪我を癒やすための時間も与えてもらえるかどうか。

先の戦では、兵の犠牲は最小であったとはいえ、無傷ではないのだ。

この時点で、すでにもう董伯央の戦略にはまってしまっていたのだと思えば、眉を寄せたくもなる。

「まずは緋堯がどこまで持つかだな」

冬隼が唸るように呟き、翠玉も神妙に頷く。

緋堯国は現在手負いの状態だ。大国相手にまともに戦う力などないだろう。

そうなれば、戦わずしての降伏か。属国《ぞっこく》になるのか。

董伯央が、彼《か》の国にどのような形で牙を突き立てるのか。

現状では全く読めないのだ。

「……次の戦場も先の戦と同じ場所の可能性が高いわね？」

大陸の北側に位置する紫瑞国と大陸の中央に位置する湖紅国の国境線は、果てしなく高く切り立った山脈で分けられている。

隣国ではあるが人の往来《おうらい》が可能な道などはない。そのため、国交を持つ事もなく、侵略をするとしても、他国を経由する事が必須なのだ。

そして、今回その白羽《しらは》の矢が立った不幸な国が緋堯国だったのである。

紫瑞国が攻めてくるのであれば、道はひとつだ。そうなれば、必然的に戦場は、緋堯国と湖紅国の国境線である。

「おそらくはそうなるだろうな。しかし、西の響透国がこちらの友軍になれば我が国と響透で挟み込む事ができる。紫瑞も攻め辛くはなるはずだ。響透は、皇后陛下の母国だし、協力を拒む可能性は少ないが……」

そんな事を、董伯央が知らないはずがない。どこかで裏を読んでくるのではないかと疑心暗鬼《ぎしんあんき》にもなっている。

「それに……」と言いかけて、冬隼は黙り込む。

「どうしたの？」

翠玉がこちらを見上げて問いかけてくる。

きっと、冬隼が複雑な表情を浮かべているからだろう。しかし答える事なく小さく首を振る。

「いや、なんでもない」

翠玉は首を捻るが、深く追求する事なく歩みを進めた。

「それよりも、これから他国と会談をする上で、お前の策も必要になるからな。頼りにしているぞ」

誤魔化すようにそう言った冬隼は、馬を半歩前に進める。

その背中を眺めながら、これで今日も追及の機会を失ったな……と翠玉が小さくため息を漏らした事には、気づく事はなかった。

◇

碧相国、響透国の二国から要人《ようじん》が集まったのは予想通り、それからひと月が経つ頃だった。

「どこの国の見立てでも、やはり紫瑞は大陸の統一を目指していると考えられますね。そのためにまずは、緋堯国を落とし湖紅国を攻めて、陸路の獲得を狙っているのではないでしょうか」

まとめ役である雪稜の言葉に、その場の者達が一同に頷きあう。

「碧相側の東の海洋では、何年も紫瑞国と衝突をしておりますから、守りがもともと厚いです。そちら側は我が国の水軍が押し留める事は可能でしょうが、正直なところ、紫瑞の陸戦の実力は未知。どんな手を使ってくるのか我々にも計り知れません」

碧相国からの使者である老人の、神妙な声が議場に響く。

若い頃はこの人ありと、その名を轟《とどろ》かせた知将《ちしょう》である。紫瑞国との交戦経験も豊富であるため、碧相王の信を受けて今回の会談の一切を任されているらしい。

「董伯央は侮れない、あの男が宰相《さいしょう》になってから紫瑞国では不規則な動きが多い。まさかこのような事を考えておるとは、世の移り変わりを感じるわ」

顎に蓄えた白髭をゆっくり撫でながら、感慨深そうに呟いている。

そんな彼にも、紫瑞国との陸戦の経験はないのだという。それほどまでに、董伯央の行動は予想できない事だったのだ。

「まだあちらは、陸での戦の準備をしている事に我々が気づいていないと思っているだろう。早急に守りを固める準備をいたしましょう」

響透国の高官と将も同意を示す。

「では、それぞれの国で、どれだけの事ができるのか精査した上で、明日また会議の場をもちましょう」

雪稜の落ちついた声で、解散が告げられる。初日の今日は、各国の意思の統一を図る事が目的であったが、あっさりと決してしまった。

このまま各々が、用意された迎賓用の宮に戻り、国から連れてきた参謀《さんぼう》や識者《しきしゃ》などと話し合いを持つ事になるのだ。湖紅国も例外ではない。

「冬将軍、お久しぶりでございますなぁ！」

皆に倣《なら》い、退出をしようとしたところ、快活な低めの男の声が冬隼を呼び止めた。親しみを込めた声にはっとして振り返れば……

「岳園《がくえん》殿！」

初老だが屈強な身体の男が、眩しげに冬隼を見ていた。

碧相国の将を束ねる具岳園《ぐがくえん》だった。

「前回お会いしたのが八年ほど前でしょうか？　禁軍の将になったとは伺っておりましたが、いや、ご立派になられた！」

そう言って、節くれ立った大きな手を差し出してくる。

「お会いできて嬉しいです。まさか大将軍がいらしてくれるとは心強いばかりです」

迷う事なくその手をとり、固く握り合う。

記憶の中の力強さより、幾分か握りが緩く感じたのは、自分の成長なのか、彼の加齢によるものなのかは分からないが、お互いにこうして手を取り合う機会が再び巡ってきた事を嬉しく思う。

冬隼が尊敬し、目標と定める武人の一人である。以前、彼《か》の国の祝賀《しゅくが》行事に皇族として参加した折に接する機会があり、簡単に手合わせをしてもらった事がきっかけで、知り合ったのだ。

「なんの！　もう老体ですゆえ、こういうところでしか役に立てないので」

そう豪快に笑い飛ばす快活さは、当時と変わらない。

「そうだ、今回は将軍に紹介したい男がおりましてな！　おぉい！　周《しゅう》殿」

ひとしきり話をしながら二人並んで退室すると、室外に控えて待っていた自国の従《じゅう》者《しゃ》達の集団の中に岳園が声をかける。

集団が割れて、中から一人の男が出てくる。まだ若いが、鍛えられた体躯《たいく》と歩く姿から一目で武人であると分かった。

そして一際目を引いたのが……眼から下を包帯《ほうたい》のような白い布で覆っている、その異様さだ。

それも手伝ってか、近づくにつれ、不思議な気迫を感じる。

「お呼びでしょうか」

その様相とは裏腹に、声は明朗であった。

「冬将軍。陸戦になるならば、我が国は西に配した軍を当てるつもりです。この者は李周英《りしゅうえい》、この若さで我が国の西軍の総指揮を任されている男です。おそらく今後、将軍と戦術などの実際のやり取りを行うのはこの男になろうかと思います」

岳園に誘われて、李周英と対面する。

顔の中で唯一出ている瞳が、冬隼を捉えると、笑みを浮かべるように細まったのが分かる。

「こんな風貌《ふうぼう》で御前に立つ非礼をお許しください。先日鍛錬中に虎と遭遇してしまいまして。仕留めはしたのですが、その際にうっかり爪を引っ掛けてしまいまして。まだ傷が完全に癒えておりませんので、このような格好をしております」

声はすこぶる明るい調子である。

風貌《ふうぼう》と彼の表情や声の調子が随分と不均衡に感じたが、なるほどそういう事だったのかと、納得する。太い腕や引き締まった体躯《たいく》を見れば、確かに虎くらいなら仕留めてしまいそうである。

「ご安心なされよ。今はこんな怪しい風貌《ふうぼう》ですが、もとはなかなか精悍《せいかん》な顔立ちをしておりますゆえ」

快活に笑いながら岳園が口添える。

「それは随分と災難でした。紅冬隼と申します」

手を差し出すと、すぐに周英からも手が伸びてきて、握手を交わす。

随分と鍛錬を重ねた厚みのある手だと感じた。

「具将軍！」

その時、後方から岳園を呼ぶ声があがる。

「お？　失礼、少し外します」

後方を確認し、その顔ぶれを確認すると二人に声をかけ、岳園はその場を離れていく。冬隼と、周英が向き合ったまま残された。

「お会いできて光栄です。具将軍からお話を伺って、将軍には色々と興味がありました」

最初に言葉を発したのは、周英だった。

瞳に人当たりの良い色が浮かんでいる。

どうやら、部下なだけあり岳園に近い部類の性格のようだ。

「具将軍からですか？　お恥ずかしいですな」

岳園からの話であれば、自分がまだ二十代になるかならないかの頃の事である。まだ随分と荒削りで甘い頃の話だ。

「昔の事だけではありません。今回の緋堯との戦の件も、色々と聞いております。随分と面白い策をお使いになった。あれは、将軍の提案で？」

あの戦からすでにふた月半以上が経っている。隣国にその全容が知れてもなんら不思議はない。

しかし、翠玉の情報は中枢部《ちゅうすうぶ》でしっかりと閉じられている。

「ええ、そうです。かの地での戦は初めての事ではありませんから、新しい策を用意しなければ勝つ事もできまいと思いまして」

　実際に対外的には、そういう体《てい》になっていたため、このようなやり取りは帰都からもう数十回とやってきた。その度に、それでやり過ごしてきたのだが……

「そうですか……軍の人間ならばおおよそ考えないやり方だと思ったので、意外でした」

　李周英は違った。

　人懐っこい瞳の中に何か含む色が浮かんだように感じて、一瞬唾を大きく飲み込みかけた。

「決断は私です。その間に兄や部下、様々な人間の考えを精査していますから、そう思われてもおかしくはないかもしれませんね」

　冬隼の言葉に、李周英はなるほどと大きく頷く。

「そうですか。しかし素晴らしい戦果でしたね。ご同行の奥方もさぞお喜びだったでしょうなぁ」

　さっと胃の腑《ふ》が下がった気がした。

　この男、何かを確かめようとしてはいないか。

「よく知っておいでだ」

　喉の奥が何かが詰まったように重くなり、苦笑い交じりに、なんとか言葉を絞り出した。

「当然です。久しく異国間の戦がなかったところに始まったものです。しかも近隣の国として常に情報は集めておりましたゆえ。……ついでに将軍がついに結婚した事や、戦場に奥方をお連れになった事も」

そう言った彼の瞳は楽しそうに揺らいでいた。

まるでこちらの反応を楽しんでいるような……

「清劉の姫だとか、ぜひお会いしたいですね。あなたを射止めた美姫《びき》を」

「美姫《びき》などと、とんでもないです」

平静を装い謙遜《けんそん》するものの、この男の瞳はなぜか、冬隼を落ち着かない気分にさせた。苦手というのとも少し違う、なんとも不思議な感覚だった。

「いやぁ失礼しました！　ご挨拶はお互い済まされましたか？」

良い頃合いで、岳園が戻ってきた。

どうやら彼は、二人の間に流れる空気など全く感じていないらしい。

「えぇ、今ちょうど済んだところです」

助かったと、内心で冬隼は胸を撫で下ろす。

「そうですか、それは良かった。まぁ、お互い若い者同士、上手くやってくだされ！　ではまた夕の酒宴《しゅえん》でお会いしましょう」

はっはっは～と満足気に笑いながら、岳園は周英を促して、先程まで話していた中年の男のもとに向かっていく。どうやら周英の顔を繋ぐのが今回の彼の役目らしい。

冬隼から離れる時、一瞬だけ周英が冬隼を振りかえる。

何かを感づいているのかもしれない。そうであれば、なかなか侮れない男と認識しておくべきだろう。


皆の解散を確認し、雪稜と連れ立って彼の執務室に戻ると、頃合いよく翠玉が到着したところだった。

各国の大まかな見解を話して聞かせると、彼女は安心したように大きくため息を溢す。

「やはり、どこも見解は同じね。良かったわ」

ここ数日の彼女は、自分の読みが他国の見解と乖離《かいり》していないかどうかを気にしていた。

政治の表舞台に立っていた経験も実績もない。そんな彼女が董伯央を見かけた事により考え出した筋道が本当に正しいものなのか、こうして各国が動き出した途端に不安になったらしい。

冬隼も雪稜も、おおよそその読みが正しいだろうと言ってはいたのだが、やはりその時になってみないと完全な不安は拭い去れなかったようだ。

「ほかに大きな情報もないし、我が国の今後の動きについては特に変更しなくて良さそうだ。お前の立てたあの策で進めるがいいか？」

冬隼の問いに、翠玉は大きく頷く。

「私はそれを推すわ、でも他の国の意見もできるだけ沢山聞いてきて！　特に、紫瑞国に対する懸念事項《けねんじこう》は多めに」

「懸念事項《けねんじこう》を、か？」

怪訝に思い、聞き返す。それは、場合によっては策の変更もあるという事なのだろうか。冬隼の言葉に翠玉は笑う。

「多くの目で抜けがないか確認しないと。紫瑞国について知っている事は少ないし、私一人だと見えていない事もあるかもしれない。完璧じゃないから」

完璧じゃない、か……。その言葉が、なぜか冬隼の頭の中で引っかかった。

「ではそのように、こちらで進めましょう」

雪稜が大きく頷き、側の者に記録を取らせる。

明日、各国に自国の見解を提示する前に、本日中に議会の方にも話を通す必要があるのだ。

「よろしくお願いします。私はそろそろ燗皇子の指導にいかないといけないので、失礼させて頂きます」

　記録を確認すると、彼女はすぐに立ち上がる。

「もうそんな時間か、忙しいですね」

　先程までは禁軍で兵の鍛錬を行っていたのに、次は後宮で皇子の指導である。

　国で一番忙しいと言われても過言でない宰相《さいしょう》の雪稜からも驚かれるほど、このところの彼女は忙しい。

「くれぐれも身辺に気を付けてくれ、特に他国の客人達には」

　退室しようとする翠玉を慌てて呼び止める。

「何かあったの？」

　不思議そうに見上げてきた瞳は、冬隼の意図を理解し何かあったと察しているようだった。

「碧相の将、李周英という男が先の戦の策の出所を探っている。その上、お前の事を聞いてきた。何か気づいているやもしれん。同盟国とはいえ、まだ手の内は見せない方がいい」

　李周英の真意が読めない以上、あまり翠玉と接触させるのは得策ではない。

「へぇ～鼻が利くのね。どんな人？」

　当の本人は、さほど危機感を感じてはいない様子で、むしろ李周英という男に興味が出たらしい。

どうせそうなるだろうと、なんとなしに予想ができていた。

「よく分からん男だな。なんでも最近虎と戦ったらしく、顔を怪我したと言って顔の半分は布に覆われている。人当たりは良さそうな印象だが、顔が隠れているせいか、得体が知れない」

あの、男のもつ雰囲気をどう説明するべきなのかしっくりくる言葉が見つからず、結局ありきたりな説明になる。

それでも、翠玉にはなんらかが伝わったのか、う〜ん、と顎に指を当てて、考え出す。

「虎と戦ったっていうのは、なかなか面白そうな人だとは思うけど。敵国ならまだしも、同盟国のそんな事情を知ろうとするなんて、目的は何かしら？　まぁ、とりあえずは気をつけておくわ」

ぶつぶつ言いながら、退室する。

それに合わせて、雪稜も側に控える者たちを退室させた。

「そんな男、議場にいたか？」

翠玉と部下達の退室を見届けると、一連のやり取りを見ていた雪稜が口を開く。

彼は議事を取り仕切っていた関係で、全ての者の顔が見える場所にいたのだ。そんな目立つ者がいれば、すぐに目に入っていただろう。

「いや、外に待機していた。立場的には参加していてもおかしくないのだが、目立つ風貌《ふうぼう》だから、下手に悪目立ちする事を避けたのかもしれない」

「悪目立ちしたくないのに、こうもあからさまに何かを探ろうとしている事をこちらに悟らせる狙いはなんだろうな」

「たしかに、これから密になるだろう相手だけに、下手な事をするはずはないのだが……」

二人で、顔を見合わせる。

「烈《れつ》に調べさせるか」

「それがいい」

◇

三国での会談は、つつがなくその日程を終了した。

心配された李周英の動向は特に動きもなく、なんなら身構えていた冬隼が拍子抜けするくらい、接触する機会も少なかった。

なんだったのだろうかと、首を捻っている内に、彼等は自国へ戻って行った。

そうして戻った日常だったが、息をつく暇もなく戦の準備が始まっていた。

三国の会談でまとまった事は主に三つだった。

まずは紫瑞国が、大陸の統一……もしくは長年の宿敵である碧相国を倒すために、緋尭国、湖紅国を傘下《さんか》に入れようと画策《かくさく》している可能性が高いという事を、三国が共通認識している事を確認した。

次に、紫瑞国がいつ緋尭国に襲い掛かり、主権を手にしてもおかしくない状況である事。

そのため、湖紅国はいつ緋尭側から攻め込まれても即時に対応できるだけの兵力を国境線に待機させ、万一紫瑞国・緋尭国の連合軍が侵攻してきた際には、西の響透軍、南の碧相軍、東の湖紅軍、それぞれが国境線に配備した兵力をもって応戦・圧力をかける事を取り決めた。

これにより、湖紅軍は先の戦で戦った国境の地、廿州《じゅうしゅう》に詰める事となった。

最後に、戦となった場合、どこまで戦いを続けるか認識を統一した。

最善は董伯央が侵攻を諦め、緋尭国から手を引く事だ。今回、董伯央がこんな行動に出たのも、長年海洋での碧相国との戦いに進展がない事に痺れを切らせたのが原因なのではないかというのが、各国の見解だ。

ゆえに、陸戦でも、思い通りになどいかない事を見せつけ、しっかりと歴史に刻みつける事が何よりも重要である。

もう二度と侵攻しようなど思わせない。可能であれば、緋尭国からも追い出せたら尚良いのだが……それはなかなか難しいかもしれないという事で、会談は終わった。

各国の要人《ようじん》を送り出すと、湖紅国の面々も皆、多忙となり、昼夜を問わず、慌ただしくしている事が非常に多くなった。

◆

この日も翠玉は午前を皇子の指導に使い、午後の訓練に間に合うように禁軍に戻るところであった。

「もし、人違いでしたら申し訳ありません。もしやあなた様は翠玉様ではありませぬか？」

後宮を出て、無月に騎乗《きじょう》しようとしているところに背後から唐突に声をかけられ、翠玉は驚いて振り返る。

場所は宮廷の内部、丁寧な言葉遣いには似つかわしくない、幼さを残した子供の声であったのだ。こんな宮廷の真ん中で聞く性質の声ではないのだが……

今翠玉が降りてきた階段の上に、ひょろりと細長い少年の姿があった。年かさは十代前半であるが、先程まで一緒にいた燗皇子よりは少し上に見えた。

着ている服の生地は上質でいて、装飾は少ない。一見質素《しっそ》だが、皇族か良家の子息であることはすぐに分かる。

少年は軽やかに段を降りると、一瞬後ろを振り返り、急いだ様子でこちらに走ってくる。

茶のふわふわとした髪が柔らかく揺れている。なぜか翠玉にとって馴染みのあるような気がした。

少年は翠玉の元まで走ってくると、大きな瞳で見上げてきた。

「いかにも、私は翠玉でございますが」

掛けていた鎧《よろい》から足を下すと、丁寧に少年に向き直る。なんとなしにその顔にも、見覚えがある気がした。

背丈は小柄な翠玉より拳ひとつ分ほど低いくらいだろうか。

翠玉が向き直ると、少年の大きな瞳が、一層大きく開かれ、そして緊張したように険しくなる。

「お忙しいところお引き留めしてしまい申し訳ありません。わたくしは紅雪稜が長子《ちょうし》、稜寧《りょうねい》と申します」

まだ声変わり前の声で辿々しく名乗られて、合点がいった。

「あぁ、雪義兄上様の！」

驚きと共に、少年の顔を見返す。

ふわふわの茶の髪に、どこか見覚えのある顔は雪稜の面影を色濃く継いでいる。

彼に子供がいるというのは、なんとなく聞いていたが、ここまで大きな子だったのかと驚いた。

「お初にお目にかかります。叔母上様」

ペコリと丁寧にお辞儀をされる。父に似て、いかにも利発そうな少年である。

「こちらこそ、お初にお目にかかります。稜寧殿」

翠玉も同様に言葉をかけると、先程より少し緊張が解けたらしかったが、今度は不安そうに瞳が揺れていた。

「いきなりお声がけして申し訳ありません。あの、お急ぎでいらっしゃいますか？」

上目遣いで言われる。子供らしくないその心配に、翠玉はつい吹き出してしまいそうになる。

あの食えない男の雪稜に似た顔で、こんな可愛らしい仕草と言動をされたらそれは力がぬける。

「少しであれば大丈夫ですよ。私に何かご用でしょうか？」

幸い少し時間にも余裕はある。この可愛らしい甥《おい》っ子に付き合ってみたい気もした。

翠玉の言葉に、稜寧は少しホッとして、そしてまた表情を引き締めた。

「お願いがございます。私を次の戦にお連れいただけないでしょうか！　叔母上のそばで学ぶ機会をいただけないでしょうか？」

可愛らしいと思った少年の口から出た言葉は予想だにしなかったお願いであった。

「戦にですか？」

思いがけず間抜けにも聞き返す。

「はい！　危険な事は重々理解の上です！」

ずいっと一歩近づいてきた稜寧の瞳は真剣そのものである。

対する翠玉は困惑した。まだ年端もいかぬ少年である、しかも皇族で宰相《さいしょう》の子息だ。同じ年端の子供と比べて背は高めであるが、身体はひょろりと細く、武術などの心得もないように思われる。なかなか無理な話である。

しかしここだけの話で、簡単にはっきりと断るのも、この必死な少年に失礼な気もした。

「お父上はなんとおっしゃっていますか？」

「父にはまだ言っておりません。言ったら即反対でそこで話が終わってしまいますから。冬叔父上にご相談しようかとも思いましたが、私は叔母上のもとで学びたいので！」

がくりと、項垂《うなだ》れたい気分になる。可愛らしくても、やはり雪稜の子だ。

どうやら確信犯で、翠玉に突撃してきたらしい。この場で翠玉の一存で断れない事も分かっているのだ。

どうやら、翠玉がそれに気が付いた事も、この聡《さと》い少年は分かったらしい。

「お父上と、叔父上と相談した上でご検討させていただきますね」

翠玉には、そう言う他なかった。

「はい！　よろしくお願いします！」

稜寧の大きな瞳が、初めて子供らしい輝きを見せた。

「あいつは聡《さと》い、まんまと巻き込まれたな」

この日も冬隼とゆっくり顔を合わせる事ができたのは、就寝前だった。

戦の準備でそれぞれが奔走しており、顔を合わせても軍議《ぐんぎ》や訓練など、公の場でしかなかった。

ここ数日、寝屋に入る時間もバラバラでどちらかが先に就寝している事も多い。今日こうして起きたまま二人が顔を合わせられたのも、翠玉が相談したい事がある旨を事前に伝えていたからだ。

昼間に稜寧と会った事を簡単に話すと、呆れたように冬隼はため息を吐く。

「明日、雪兄上に話してみる」

やれやれ、といった様子だ。

どうやら、冬隼にしてみれば、稜寧がこのような手段をとる事は、さほど意外でもないらしい。

「お願いね。でも私の側で何を学べるのかしら」

色白で華奢《きゃしゃ》な身体をしていた。どう見ても、武術ができるとは思えない。

ゆえに武術ではないはずなのだが。

「それは、俺にもよく分からん。稜寧がそんな事を言い出した事自体、信じられん」

冬隼もピンときていないようだった。

「ねぇ、稜寧殿のお母上って？」

そういえば雪稜に子がある事はぼんやり聞いていたが、妻がいるとは耳にした事がなかった。

これほど兄弟仲が良いのであれば、妻同士交流があっても良いものなのだが。

翠玉の問いに、冬隼は首を横に振る。それだけで、だいたいどういう事なのか理解した。

「稜寧の母は、元々後宮の下働きだった人でな。稜寧が二歳の時に病で亡くなった」

淡々とそう言うと、冬隼は寝台にあがる。どうやら今日はこのまま就寝するらしい。

「そんな幼い時に……」

　痛々しく呟くと、冬隼が頷く。

「雪兄上自身も母の侍従《じじゅう》の子で、五つの時に母を亡くしている。その痛みは雪兄上が一番よく分かっているだろうな」

「五歳……それで陛下と雪義兄上様と冬隼、三人が一緒に育ったのね？」

　たしかに、以前にチラリと聞いた事があった。なぜ生母《せいぼ》は違うのにここまで絆が深いのかと思ったが、同じ母に育てられているからなのだろう。

「それでも色々と勘ぐる者は多いからな。兄が即位する時に合わせて、雪兄上は皇位継承権を放棄した。賛否あったが、母の出自や、雪兄上の才覚を活かすため認められた。そのすぐあとに産まれたのが稜寧だ。まぁ見ての通り、雪兄上に似て聡《さと》い。俺だけでない、多くの者が稜寧が先の未来この国を支える一人であろうと思っている」

　たしかに……と、翠玉も思う。

　雪稜の息子で利発、周りの大人が将来を期待する要素は十分にあるだろう。

「おそらく、本人もその意思があるだろうな。まぁそれを考えたら、戦というものを知る事も大事なのかもしれんがな。とにかく明日にでも兄上に聞いてみよう」

　そう言った冬隼が「寝るぞ」と寝台に横になるのに倣《なら》い、翠玉ものろのろと寝台に上がる。

一緒に育った仲の良い兄弟、彼等と同様に、その子ども達が手を取り合って国を治められたのならば、国にとってどれだけ良い事だろうか。

◆

「まさかお前のところに行くとはな」

冬隼から一通り話を聞くと、次兄は大きなため息と共に天を仰ぎ、次いで頭を抱えた。

「正確には翠玉に突撃して来たのですが……」

冬隼の言葉に、雪稜が唸る。顔を手で覆っているため、その声はくぐもっている。

「あいつ、なかなか賢い手を使うなぁ」

感心したように呟く。

「間違いなく、あなたのお子です」

外見も父に似ているが、計略的で計算高く、自分の扱い方をよく知っているところなんぞ、本当に生き写しではないかと、冬隼も内心感心している。

しかしこんなに困っている兄の姿は普段なかなか見る事はできない。

無理もないだろう。

「あの子の未来を考えると、行かせてみるべきと思うが、父の心が邪魔をするよ」

　顔を上げた雪稜は、自嘲《じちょう》する。心なしかその横顔は寂しそうな色を浮かべているように見えた。

「アレに何かあったら私は生きていけないからなぁ」

　ポツリと呟いて卓上に頬杖《ほおづえ》をつくと、兄にしては珍しく弱気な言葉を吐きだす。

「しかし、この国の未来には必要な事。他国との連合軍なんぞ、この先見られないかもしれないし。でもあの子はまだ十二歳だ」

　そう言うと、冬隼を見る。

「お前達に責任を負わせられないしな」

　それは……と言いかけて冬隼はやめた。確かに何か有事があれば、稜寧に構ってはいられない。

　いくら戦場には出さないとはいえ、確実に守り通せるという保証はない。稜寧にも、雪稜にも相当に覚悟をしてきてもらわねばならない。

「稜寧と話してみるしかありませんね？」

　連れて行くならば、それ相応の護衛や環境を整えなければならない。準備にはそれなりに時間がかかる。今から取りかかればなんとか間に合うだろう。

　おそらく稜寧はそれも分かった上で、この時期に声をかけてきたのだ。

心底参った様子で雪稜は大きく息を吐く。

「あぁ、そうだな。すまない」

◆

自邸へ戻ると、雪稜はすぐに稜寧の室の扉を叩いた。

扉を開けると、息子の姿は山積みにされた書物の間に埋まるようにしてあった。分厚い書から顔を上げた息子を見て、過去の自分と重なり、やれやれとため息が溢れる。

「話があるから、一段落ついたら私の部屋においで」

それだけ言って、扉を閉めると、二つ隣の自室に入る。

着替えを済ませて、用意されている軽食を手に取りながら、持ち帰った仕事を片づけていると、扉が叩かれて稜寧が顔を覗かせた。

「またそんな簡単な物で夕食を済ませて」

父の状況を見るや否や眉を寄せ、叱言《こごと》を言いながら近づいてきた。

「片手間で食べられるから楽なんだよ」

苦笑する。息子は歳を重ねるごとに父に対して叱言《こごと》が多くなっているように思う。

自分の言にその息子は更に眉をよせる。

「仕事熱心なのは良いのですが。そんな生活をしていたら身体を壊しますよ」

この後、いつものように、食事と睡眠だけはきちんと取るよう念を押されるのだ。

近頃親子の会話はこうして始まる事が多い。息子に世話を焼かれる日がこうも早いとは思わなかった。そして、その息子は親の手を離れていこうとしている。

寂しく感じている自分がいて、ふと口元が緩む。

「今日、冬隼に会ったよ」

本題を投げかける。それだけで要件は伝わっただろう。

「僕は本気です」

キッパリとした言葉と共に強い視線が返ってきた。予想通りの反応に、苦笑する。片親で育てたせいか、どこまでもこの子は自分に似てしまった。

「そうだろうな。ここまでお前がするからには、余程の事だ。でもなぜ先に私に言わなかったんだい？」

「言ったら、父上だけで話が終わってしまうかもしれなかったので。父親としての気持ちだけで決めていただきたくないのです」

やはり見透かされていたらしい。聡《さと》い子だとは分かっていた。いずれはこのような時が来るだろうと思ってはいたが。まさかここまで早いとは……

そんな父を見て、稜寧は子供らしい悪戯な笑みを見せる。

「叔父上達を巻き込めば、政治家のあなたとしても考えていただけるかと思ったのです。あと、実のところ噂の奥方……叔母上にも興味ありました」

その言葉に、なるほどと思う。

直談判するのであれば、叔父である冬隼でも良かったのだ。その方が話も早かったであろう。

「どうだった？」

それほどまでに興味のあった叔母に当たる女性は、彼の目にどう映ったのだろうか。

「驚きました。あのような華奢《きゃしゃ》な方が策を練り、刺客《しかく》を倒し、敵軍に潜入していたなど、信じられません」

返ってきた我が子の感想に苦笑する。

自分をはじめ、事情を知っている誰もが初めに彼女に持つ感想であろう。

「不思議な人だよね」

稜寧が頷く。

「あの冬叔父上が重用《ちょうよう》するのですから間違いないでしょうね。だからこそ策についても側で学びたいのです」

予想外の言葉に、息子を見返す。彼の目的は戦を知る事だけではなかったらしい。

「お前は軍略家になりたいのか？　てっきり、政治家になりたいとばかり思っていたが」

そんな自分の顔を見て満足げに稜寧は笑う。

「政治に役立つかもしれないでしょう？　政治にも様々な策が渦巻いているのは、父上が一番分かっているはずです」

「たしかに、そうだな……」

頷くしかなかった。政治的手腕だけでは生き残れないのが正直なところ。ある程度策略を持っている事は必要だ。

「お前は本当に勉強熱心だな」

我が子ながらできた息子だと感心する。しかし、当の本人はどこ吹く風だ。

「当然です。この国の先を支えなければなりませんからね。皇帝が誰になるか分からないからこそ、父上や叔父上達が積み重ねてきたものを引き継いで、更に発展していくのが僕の役目です。民にお世継ぎ争いは関係ないのですから」

「そう、だなぁ。本当にその通りだ」

そこまで考えている息子に内心驚いた。

随分一人前になってきたとは思っていたが。どうやら親の予想を遥かに超える成長を遂げていたらしい。

ただの好奇心であったなら、適当な理由をつけていくらでも却下できたのだが……

「戦さ場は命のやり取りの場、最悪命を落とす覚悟はあるのか？」

真剣な表情で息子に向き合う。

「こんなところで死ねません。何がなんでも生きて戻りますよ」

戻ってきた視線には強い決意が込められていた。

ため息を漏らす。

「冬と調整してみよう。ただし、邪魔になると言われたらだめだからな」

やれやれ、ここまで考えて覚悟されていたのでは、親心だけで止める事こそ、彼に失礼というものだ。

「はい」

歯切れのよい、心底ほっとした返事が返ってきた。ここまでが稜寧の策であるような気もするが、仕方がない。

いくらか言葉を交わし、そしてやはりきちんと食事を取るよう念を押して稜寧は退室した。その背中を見送って、しばらくぼんやりと扉を見つめた。

大きなため息と共に椅子の背もたれから身体を持ち上げると、机上の中で唯一書類に埋もれていない一角に手を伸ばす。手にしたのは頑丈な作りの枠にはめられた、一枚の肖像《しょうぞう》。若い自分と、幼い子を抱いた若い女性が微笑んでこちらを見ている。

「朱杏《しゅあん》、君がいたらどうしただろうなぁ」

朱杏との出会いは、兄の即位の少し前の事だった。

彼女は、後宮の下働きで書庫の管理をしていた。後宮の書物などは、幼い頃にほとんど読んでしまっていたのだが、たまたま調べ物があり、それに関わる文献《ぶんけん》に心当たりがあったため、立ち寄った。

雪稜が通わぬ内にいくらか書の配置も変わったらしく、探すのも手間だからと、適当に声をかけた。

いまだにあの時の朱杏の顔は忘れられない。いきなりの皇子からの声かけに、はじめは驚いて緊張していたものの、すぐにこちらの要望を理解して案内をしてくれた。それだけでなく、関連の文献《ぶんけん》をいくつか手早く用意してくれた。

「君、すごいね」

心底感心してそう言うと。

「この書庫なら全て把握しているので」

と控えめに微笑んだ。その微笑みが可憐《かれん》で、一気に心を掴まれた。

「それは助かるなぁ、これからしばらく調べ物で通うから、君に聞くよ」

本当は調べ物はこれで事足りたのだが、口が勝手に次に彼女に会いにくる口実を作っていた。

「君の名前は?」

すぐに名前を確認したが、皇子に名を覚えてもらうなど恐れ多いと、断られた。それがまた、いじらしくて色々と理由を作って会いに通った。

何度か通って、ようやく名前を聞く事ができた。

「可愛い名前だね」

そう言うと、彼女は恥ずかしそうに、「とんでもない」と微笑んだ。

通ううちに、雪稜にも少しずつ心を開いてくれた。大人しくて控えめだが、とても頭のいい娘だった。貧しい田舎出で家族を失い、後宮の下働きになったらしい。

「でも好きなものに囲まれて今は幸せなんです」

そう言って笑った。

「文字はどこで学んだんだい?」

平民の中には文字の読み書きができない者も多い。貧しい田舎であれば、子供の仕事は学ぶ事より農耕や家の手伝いである事が多いのだ。

「たまたま近所に、昔後宮の下働きだったというおばあちゃんがいたんです。時々頼まれてお世話をしていたので、その時に女にも学がいると教えてくれました。疫病《えきびょう》で家族が死んで、村がなくなった時すぐに後宮が浮かんだのも、そのおかげです」

懐かしむようにそう言って目を伏せた。

「貧しい出自の多い下働きの中で、珍しく字が読めたのが幸いして、書庫に配属になりました。一時は身体を売ろうかとも思った身ですが、器量《きりょう》もよくないし良かったです」

そう言って無理に笑うのだった。

こんな娘はこの国にも沢山いるのだろうと、切なくなった。

そしてこの数年の政の荒廃《こうはい》具合を思った。

父はいまだ病に伏せている。長年この国の政治は父である皇帝が独裁でやってきた。父が伏せて後、今まで父に頼り切っていた官吏《かんり》達は自分達で政を動かす事ができないでいる。

代わりに皇太子がやるべきであるが、後継者と目《もく》されている男はここで失格の烙印《らくいん》を押されたくないため、のらりくらりとその役目から逃げていた。

その時点で失格であるのだが……

兄が皇太子であれば。そう、もどかしく感じながらも悪戯に日々が過ぎていた。

朱杏のような娘をこの国に増やしてはならない。それが皇族である者の責務であるのに、あの頃の自分には何もできなかったのだ。

朱杏と出会って数ヶ月が経った頃だった。

「最近思い詰めた顔をされていますが、どうかなさいましたか？」

心配そうに朱杏が顔を覗き込んできた。

「そう見えるかい？」

「難しいお顔をなさっておいでです」

痛いところを突かれた。なるべく気づかれないようにとは思っていたが、どうやら付き合いが長くなってしまったせいか、彼女の前で少し気を抜いてしまっていたらしい。

「そう、か」

自嘲《じちょう》する。そろそろ潮時《しおどき》なのかもしれない。

じっと、朱杏を見つめた。

「差し出がましい事でしたら申し訳ありません」

見つめられた朱杏は、困惑したように視線を泳がせると、一歩引く。

反射的に手を伸ばしていた。朱安の手を引き、身体を引き寄せて口付けた。

彼女の身体に力が入ったのが、抱き寄せた手に伝わってきた。抵抗する様子がない事に内心で安堵した。

唇を離すと、その固まった細い身体を抱きしめる。

「すまない。私の事は忘れてくれ」

朱杏の耳元でそれだけ呟くと、もう一度彼女を強く抱きしめて、踵《きびす》を返す。振り向く事もせずに、一気に後宮を後にした。

　後宮を出て、しばらく歩く。馬車を待たせてある広場まで向かう途中、一度ピタリと止まる。何か嫌な気配を感じたのだ。

「消せ」

　後ろに付く護衛に呟く。

「御意」

　口の中で呟くほどに小さな声ではあったが、護衛にこちらの意図は伝わったらしい。そのまま真っ直ぐ馬車に向かって再度歩き始めると、帰路についた。

　宮に戻ると、心配そうな面持ちで門前に立つ冬隼がいた。

　自分をはじめ、成人した皇子は育った後宮を出て、外殿をそれぞれ与えられている。それぞれの宮はあるのだが、身の安全のため、当時はまだ皇太子でなかった兄と冬隼と、共に同じ宮で過ごしていた。

「ご無事でしたか」

　どうやら付いていた護衛――影の者から彼に情報が入ったらしい。自分の顔を見るなり、安心したように息を吐いた。

　その顔を見て苦笑する。あまり顔色を変えず、難しい顔をしている事が多い弟だが、人一倍兄思いで心配性という可愛い一面がある。

冬隼の頭をポンと叩くと、二人で並びながら、自室に向かった。

「お前から護衛を借りておいてよかったよ」

「そのようですね。最近やけに活発ですね」

自室に入ると、当たり前のように冬隼も入室してきた。どかりと椅子に腰掛ける。

「父上の容体が芳しくないようですからね」

向かいの椅子に冬隼も腰掛ける。

「らしいな。全くそろそろいい加減にしてもらいたいな」

襟元を緩めながら、大きなため息をつく。

冬隼と、視線が合った。

「どちらにです？」

窺うような視線だった。苦笑する。

「両方だ！　このまま事実上の空位が続けば、ますます国が荒れる。そしてあのボンクラに皇位が渡ってもな。自分たちの背後を気にする前に、やるべき事をやってもらいたいものだ」

背もたれに身体を預け、思案する。

「そろそろ動くしかないのかもな……」

ポツリとこぼした言葉に、冬隼がぴくりと反応した。

「動きますか？」

低く呟く。まだ少年の色を残した精悍《せいかん》な顔が緊張したように引き締まる。そういう反応だとは思っていたから、思わず笑いが漏れる。

相変わらず真面目で融通《ゆうづう》が利かない、でもそんなところが可愛い弟なのだ。

「お前は知らなくていい。お前に疑いが向けば、母が同じである兄上に疑いがいく。俺だけならなんとでもなる」

「ですが」

尚も食い下がろうとする冬隼に首を横に振る。

「冬、前から言っているだろう。頼む」

これ以上は取りつく島がない事を悟ったのか、冬隼は悲しげに目を伏せた。

「くれぐれも気をつけて下さい。兄上の御代には私より雪兄上の力が必要ですから」

そんな事はないのだが、まだ若い弟にそれを説明してもなかなか受け入れられないだろう。

彼は彼なりに幼い頃から努力を欠かしていないのを一番知っているのは、兄である自分達だ。

口を開きかけた時、不意に部屋の扉を叩く音が響く。冬隼が顔を上げ、小さな声で「来たか」と呟いたのが聞こえた。

「失礼いたします。殿下、駆除が完了しました」

室に入ってきたのは、よく冬隼のそばで見かける青年だ。たしか烈と言っただろうか。

弟につく不思議な影の一族の一人だ。彼らなくしては、あの熾烈《しれつ》な世継ぎ争いの中を自分達兄弟は生き残ってこられなかっただろう。

「何か分かったか?」

「雇われのようですね。多くは語りませんでしたし、雇い主も知らないようでした。ただ雪殿下の周囲を探るよう言われていたらしいです」

「そうか、ありがとう。引き続き頼むと伝えてくれ」

端的にそれだけ話すと、烈は部屋を後にする。

「お前にも迷惑をかけるから、そろそろ彼等も返さねばな」

烈の退室を見送って、再び冬隼に視線を戻す。

この数週間、不穏な空気を感じ取った冬隼が護衛のためにと彼らの一部を貸してくれていたのだ。

「いえ、使ってください。後宮も危険です。あまり近づかない方が」

自分が関われないのならせめてという思いがあるのだろう。

しかし冬隼の息のかかっている者を利用する事はできない。なんらかで足がついてしまったら終わりだ。彼らに頼らない方法は、それなりに確保してある。意地でも弟は巻き込まない。そう誓っているのだ。

「でも、なぜ今更、後宮の書庫なんかに出入りを？」

不思議そうに首を傾げられる。

それもそうだろう。幼い頃より自分はあの書庫に入り浸って、書物に没頭していた。十歳を超える頃には一通りの書に目を通していたのだ。冬隼はそれをよく知っている。なぜ今更……。側から見たらたしかにそうであろう。

もしかすると、この行動こそが最近の不穏な動きの引き金だったのかもしれない。あまり後宮に寄りつかなかった者が、頻繁《ひんぱん》に出入りするようになった。相手側としては警戒をしてもおかしくない。

なんのことはない、ただ女性を口説くためであったのだが……

「もう行かないよ」

自嘲《じちょう》する。思い掛けず、悲しげな声音になった。

しかし、もしかすると、朱杏を巻き込みかねないのだ。それだけは絶対にできない。

冬隼の瞳が、心配そうにこちらを窺っていた。

「なかなか興味深い書を見つけてね。これが難解で、時間がかかったんだよ」

大丈夫だと笑って見せる。

「兄上に、難しい書物などあるのですか？」

意外そうに言われて、笑う。真面目な弟は、どうやらそのままの意味に受け止めたらしい。

「難しいよ、いまだ答えが出なくてね。もう少し時間をかけたかったんだが、制限時間を迎えたから、放り出してきてしまったよ。もし兄上が即位したら兄上にお願いして譲ってもらおうかな」

それまでに自分が生きていられたら、なのだが。

「そんな書物があるのですね。私もいつか読んでみたいです」

本当に興味を持ったようで、生真面目に答える弟が無性に可愛くなり、彼の頭をぐしゃりと撫でる。

「お前はいつになるのかねぇ」

それなりに寄ってくる相手がいるはずではあるが、終始彼は受け身のようだ。彼が本当に好きになっている様子はない。

そんな相手が彼にできる時を兄として密かに楽しみにしているのだが。果たして自分は無事にその姿を見られるのだろうか……

それからの数ヶ月。湖紅国の宮廷は目まぐるしく変化した。

まず、皇太子が地方視察の道中に事故死するという事態が起こった。

これにより、兄が皇太子に内定したのだが、それを待つようにして父である皇帝が危篤《きとく》となり、そしてひと月の後に崩御《ほうぎょ》した。

葬儀と共に新たな皇帝の即位の儀、朝廷の整備や調整が行われた。

自分自身も皇帝の命で宰相《さいしょう》に就任し、それと同じくして皇位継承権を放棄した。

全てが予定通りだった。

直前の皇太子と皇帝の死ができすぎていると、まことしやかに囁かれたりもしたが、結局のところなんの証拠も出ず、ただの噂話の域を出なかった。

そしてそんな噂も、新帝即位の慶事《けいじ》のどさくさで、いつのまにか消えていた。

そんな混乱も落ち着いたある夕、後宮の主である皇帝の特別な許可を得て、書庫へ向かった。

朱杏と最後に会った日から、もうすぐ一年が経とうとしていた。

「お久しぶりです」

そう声をかけると、朱杏は手にしていた数冊の書物を床にばら撒いた。慌てて座り込む彼女に近づいてそれを拾い上げてやる。

朱杏は、何が起こっているのか分からないというような表情でぼんやりとその様子を眺めていた。

「覚えていたかい？」

顔を覗き込むと、ハッとしたように彼女が一歩下がる。

「もちろん、です」

消え入るような声で頷いた。どうやら随分驚かせてしまったようだ。当然だ、忘れろと言って突然姿を隠したのは自分なのだから……

「すまない、色々段取りに時間がかかって、なかなか来られなかったんだ」

つい弁明《べんめい》するような口調になってしまった。

本来であれば、もっと早く来るはずだったのだが、新たな朝廷にはやらなければならない事が山積しており、なかなか自分の身辺を整える準備ができなかった。

「ご無事で、何よりです。お身体を、案じておりました」

混乱している様子の中、朱杏は辿々しくそう言うと、最後は涙を浮かべて顔を覆ってしまった。

その身体をそっと引き寄せる。

「僕の妻になってほしい」

彼女の耳元で囁く。腕の中の朱杏の肩が跳ね、潤んだ瞳が驚きの色を含んでこちらを見上げてきた。

「私なんかが？」

彼女らしい言葉に、笑いが漏れた。

「そんな君がいいんだ。僕は今まで張り詰めた人生ばかりだった。きっとこれからも。だからこそ、こうして羽休めの場所が欲しいんだ。君の側は落ち着くから」

彼女の切れ長の瞳から溢れる涙を拭ってやる。

「そんな、もったいない。私にそんな大役は務まりません」

小さく首を振って、身体を離そうとするが、それを許さず、引き寄せる。

「僕にこそ君はもったいない。僕は欲張りで、汚れている。だからこそ、君のような多くを求めない穏やかな人に焦がれるんだ」

朱杏は聡《さと》い。きっとあれから自分が何をしたのか、彼女の前から突然姿を消した理由もなんとなく分かっているだろう。

だから隠す事はしたくなかった。

「僕のそばにいてくれないかな？」

ゆっくりと瞼《まぶた》を持ち上げる。

どうやら寝入ってしまっていたようだ。両の手の下には、額縁が大切に置かれたままで、もう一度その中に描かれた愛しく恋しい人の顔を眺める。

懐かしい夢を見ていたらしい。

あの後、いくらか言葉を尽くして、そのままの君がいいと伝え続けた。

そして朱杏は首を縦に振ってくれた。すぐに子どもを授かり、幸せな日々を過ごした。この先ずっとそれが続くと疑っていなかった。

しかし……親子三人で過ごせたのはわずか二年余りだった。

別れは、突然にやってきた。

突如病に倒れた朱杏はふた月ほど寝込み、そのまま旅立ってしまったのだ。

自分の行いが彼女に跳ね返ってきたのではないか、そう思った事もあった。新たに妻《めと》を娶るという選択肢もあった。しかし、どうにもその気になれなかった。

あれから、息子の成長が何よりも楽しみだったが。

「子供は巣立つのが早いなぁ」

予想よりも随分と早かった事に、寂しさを覚える。

朱杏、君が生きていたなら、二人で酒でも飲みながら、寂しさを感じつつも息子の成長を噛みしめていたのかもしれないな。

◆

「ねぇ、雪義兄上様の奥さんてどういう人だったの？」

唐突に翠玉に問われ、冬隼は床へ入る足を止めた。

「平民出身で控えめで、物静かな人だった。聡《さと》い方で、後宮の書庫にいたのを兄上が見染めたんだ」

もう十年以上前になる。冬隼の記憶の中では、いつも控えめに雪の後ろに付いていて、物腰柔らかい穏やかな女性だったように思う。

小さな稜寧が走る後を、優しい表情で見守っている姿が、最後に冬隼が見た元気な義姉の姿であった。

「書庫で育んだ恋か。なんか物語みたいね。知的な雪義兄上様らしいわね」

ふふふと楽しそうに笑いながら、翠玉も床に入ってくる。随分と深い時間になった。そろそろ就寝せねば明日に響くだろう。

ふと、あの頃の兄とのやり取りを冬隼は思い出す。

難解な書物……お前はいつになるのかな？

いつだったか兄が義姉を書物に例えた事があった。あの時は自分も若く、本当に興味深い書物があるのだと思っていたのだが。

じっと翠玉を見る。どうしたのかと、不思議そうにこちらを見上げる視線と目が合い、自然と笑みが漏れた。自分も随分と難解な書物を見つけてしまったらしい。

「たしかに答えはなかなか出ない」

はらはらと滑り落ちて頬にかかった髪を、耳にかけてやる。

「なに？」

よく分からないと言いたげに翠玉が首を傾げた。

「稜寧はお前をご所望《しょもう》だが、付いて教える気はあるか？　前線に出せない分、お前といてもらう方が安心ではあるのだが」

稜寧が側にいれば翠玉も無茶はしないだろう。という狙いも多少はあるのだが。

「やる気があればもちろん。でも、また私の配置は後方なのね？」

そんな気も知らず、やはり前線へ出る気だったのかと、呆れる。

「またってお前、前回は最前線だっただろうが。しかも、こちらの予想通りに湖紅と緋堯の国境線で戦が始まれば、次は同じ地に他国の将が集まってくるんだぞ。なんのための隠し球だ」

「あはは、そうだったわね～」

忘れていたとでも言うように気まずそうに笑う彼女には、やはり稜寧をつけておく方が良さそうだ。明日にでも、兄に返事をしてこようと、冬隼は心に決めたのだった。

二章

戦に向けて本格的な準備が始まると、軍議《ぐんぎ》や兵の鍛錬で、翠玉も昼夜を問わず忙しく動き回る事が増えた。

この日も、訓練の後に軍議《ぐんぎ》を行い、帰宅できたのは夜も深くなった頃だった。

まだまだ考える事が山積しており、頭を抱えながら自邸へ戻ると、いつもの迎えの中に交ざって、色鮮やかな衣装に身を包んだ可愛らしい女性が礼をとっていた。

年の頃は翠玉よりも少しばかり若いだろうか。よく手入れされた艶《つや》やかな黒髪に、長いまつ毛に縁取られた大きな瞳、白い肌をしたいかにも良い育ちの姫君だ。

「おかえりなさいませ、お義姉様！」

「おね？」

突然の事に、一瞬頭の中が真っ白になる。

ここ数日、激務で睡眠時間を取っていなかった上、難しい数字の羅列《られつ》を追っている事が多かったせいか、ついに幻まで見るようになったのかと、いよいよ自分が心配になってきた。

「着いていたのか、早かったな」

しかし、後ろにいた冬隼にも、どうやら彼女が見えているらしい。

彼も最近、随分激務をこなしている。お互い疲れているのだなぁ～と一瞬思ったが、どうやら実物らしい。

「天候が良かったので一日早く着く事ができました」

ニコリと笑った女性は、そう言うと瞳をキラキラと輝かせて翠玉の手を取る。

「お会いできて嬉しいです。お義姉様！」

「えっと……」

説明を求めて後方の冬隼を見上げる。

「お前……やはり聞いていなかったな」

あきれたような、困ったようなため息をつかれた。

「まぁ無理もないな。三日ほど前、突然うちに逗留《とうりゅう》させて欲しいと連絡があったんだ。一応お前にも話はしたが、兵糧《ひょうろう》や武器の見積もりに唸っていたゆえ、聞いているとは思えなかったが、話せる時がそこしかなかったからな」

しかもその後の三日間、二人は色々とすれ違っていた。

彼女を迎える準備はこの家の侍従《じじゅう》を束ねている者――桜季《おうき》がやっていたし、まぁいいかと思っていた。今夜もう一度話そうと思ったがどうやら遅かった。というのが冬隼の弁明《べんめい》だった。

たしかに思い出してみれば、ここ数日冬隼とまともに会話できる機会がなかったのは事実だ。

「第十二皇女、紅鈴明《こうりんめい》です」

可愛らしく小首を傾け見つめられ、翠玉はたじろぐ。

「俺の異母妹だ」

この仏頂面《ぶっちょうづら》の夫に、こんな可愛らしい妹がいるのが、にわかに信じられない。

「翠玉です」

狼狽えながら二人の顔を見比べる。

あぁ、でもなんとなく似ている。顔の線だろうか、今まで会った冬隼の兄弟達の中で、顔立ちは一番冬隼と似ている気がした。

しかし、冬隼も女にしたらこんなに可愛らしくなるのか。それはちょっと、気持ち悪い……。

そこまで考えて、冬隼の不穏な視線に気づく。どうやら翠玉がしょうもない事を考えているのを彼は察したらしい。

大きくため息を吐かれ、ここで立ち話もなんだと邸内に促される。

「我が国は鉱物が採れるが、それを精製する技術をもつ一族が曽州にいる。この一族なしでは我が国の軍事《ぐんじ》発展はない。鈴明はそこに嫁に行った」

回廊を歩きながら冬隼が簡単に説明をしてくれる。

「実際に現状を見聞きして武器の必要量や強度、今後の精製方法を考えたいと思いまして、こうして参った次第です」

「姫様が、ですか？」

可愛らしい顔からサラリと武器の精製の話が出てきて驚いたが、よくよく考えれば、自分は姫の立場で大立ち回りを繰り出す身だ、人の事は言えない。

翠玉の問いに鈴明がクスクスと笑う。

「もちろん技師達を連れてきていますから、私は夫である当主の名代《みょうだい》としてです。彼等は城下に宿をとり留め置いていますが、私は流石に元々の身分上それができなかったので兄の宮にお世話になる事になりました。お義姉様の噂も聞いていて興味がありましたので、楽しみに参りました。想像以上に楽しそうな方で安心致しましたわ。よろしくお願いいたしますね」

一気にそれだけ話して、よく手入れされた艶《つや》やかな手でチョンと翠玉の裾を掴んで微笑まれた。

なんとも女性らしく可愛らしい仕草に、同じ女であるはずの翠玉の胸がドキドキと高鳴った。

「鈴明は母違いだが、母と仲が良い側室の娘で、一緒に育ってきた」

　諸々の片付けが終わって床に就く頃には、夜も随分深い時間になっていた。

　明日も早朝から訓練に会議が立て込んでいる。早く就寝しなければならないのだが、今度は何時、きちんと会話ができるか分からないので、これだけはと、冬隼が口を開いた。

　話から察するに、どうやら先帝の代の後宮は数多くの貴妃を抱えていたがために、いくつかの派閥《はばつ》に分かれていたらしい。

　その中に、冬隼と皇帝の母が中心となり雪稜の母や鈴明の母、廿州《じゅうしゅう》を束ねる立場にある異母弟――悠安《ゆうあん》の母を擁《よう》する派閥《はばつ》があったらしい。

　当時は人数の多さゆえに、一人の貴妃に一つの宮は与えてはもらえなかった。そのため、派閥《はばつ》を同じくする者達は同じ宮で暮らしており、本当の兄妹のように育ってきたと言っても過言ではないという事だ。

「久しぶりの帝都だ、気分転換も兼ねてゆっくりしてこいと旦那に言われているようだし、しばらく面倒をかけると思うがよろしく頼む」

　冬隼にすまなそうに言われて、翠玉は困ったように微笑む。

「分かったわ、大したお構いはできないかもしれないのが申し訳ないけど……」

今現在これほど忙しない日々を送っているのだ、果たしておもてなしというものが、できるのかどうか……

身の回りの事は桜季が問題なく采配《さいはい》してくれているだろう。不自由させる事はないだろうが、それで満足してもらえるか心配ではあった。

そんな翠玉の心配を他所に、あぁ、と冬隼が首を振る。

「それについては、あいつもよく理解しているから気にするな。むしろ、お前に会えただけで十分満足している」

「会えただけで……」

先程のキラキラした鈴明の瞳を思い出す。あれは、お世辞でもなく大袈裟でもなく、彼女の本心から出ているものだったらしい。

「それにあいつが来たことで、お前の仕事は随分と片付くはずだ。戦の前に、お前も少しゆっくりしろ」

そう言って、ポンと翠玉の頭に軽く手を乗せると、冬隼はすぐに身を翻《ひるがえ》して、背を向けて眠る態勢に入ってしまった。

「え、どういうこと?」

いまいち話の繋がりが分からず、質問を投げかけるが……すぐに規則的な寝息が聞こえてくる。

遅かった……いつものごとく見事な寝付きの良さだ。

このところ、あまりまとまって睡眠が取れていない事も手伝ってか、新記録ではないだろうか。むしろ、すでに話している時から寝ていたのではないかと疑いたくなる。

呆れて息をつくと、諦めて翠玉も横になる。自分もこのところ、まともに眠れていなかった。冬隼ほどではないが、すぐに意識が遠のいていった。

◇

翌日も早朝に起き出し、朝餉《あさげ》の前に冬隼と二人で中庭に出て、軽く剣を交えて汗を流した。

このところの多忙の中で、すっかり自分の鍛錬を疎かにしてしまっている。朝の数分だけでも互いを相手に打ち合えば、随分と違う。

二人で黙々と打ち合って、朝餉《あさげ》の刻限にどちらともなく剣を納めた。肩で息をしながら、回廊へ上がると、鈴明がニコニコと微笑みながら自分達を眺めていた事に気がつく。

「本当にいつも一緒なのですね。話には聞いておりましたが、仲睦まじくてなによりですわ」

ふふふと笑いながら、意味ありげに冬隼に視線を送っている彼女は、どうやら雪稜か悠安経由で前情報を仕入れていたようだ。妻《めと》を娶り仲睦まじく過ごしている冬隼を微笑ましく思っているらしい。

冬隼を構いたい様子は、まるで雪義兄上のようだ……

「起きていたのか。長旅で疲れているのだからもう少し休めば良いものを」

居心地悪そうにそう言うと、冬隼は逃げるようにさっさと自室の方に歩いていってしまう。

その姿を見送って、更に鈴明は楽しそうに笑う。

「ふふふ、面白い冬兄様が見られると、雪兄様が言ってらしたけど、こういう事でしたのね」

どうやら情報源は雪稜のようで、彼女も冬隼をからかって遊びたい質らしい。

哀れなと思う反面、兄妹達に愛されている冬隼をほんの少しだけ羨ましく感じた。

「お義姉様の腕前も素晴らしかったですわ。あの兄様と互角に打ち合える女性を初めて拝見いたしました」

冬隼の姿が回廊の奥に消えると、今度は翠玉に向き直り、昨日と同じキラキラした瞳で見つめられる。

「素敵ですわ。こんな華奢《きゃしゃ》なのにどこにそのお力を隠してらっしゃるの？　先程の鍛錬で、あの大きな兄様を軽く受け流していたのは、どういう原理を使ってらっしゃるの？　あぁでも、あの速さは身軽でないと出せないもの！　足捌きも見事でしたわ！」

興奮したように捲し立てて、ずいずいと迫ってきた義妹に呆気に取られて、二、三歩下がる。

少し……いや、かなり変わった皇女らしい事は理解できた。

冬隼と一緒に育っているためなのか、武術の見識はそれなりにあるらしい。国一の武器精製の一族に嫁《とつ》いでいるのは、そうした性格もあってのところだろう。

「あ、ありがとうございます」

なんとか、賛辞の礼を言って身体を離した。

「まあ、私としたことが！　つい興奮してしまいましたわ」

そこでようやくハッとしたのか、恥ずかしそうに彼女も身を引いた。

「幼い頃から冬兄様や泰誠の鍛錬を見るのが大好きだったので、知識だけが無駄についてしまいましたの。私自身は鈍臭《どんくさ》いので、剣を持つ事はできませんでした。ですから、女性ながらに剣を振るうお義姉様が本当に素敵で素敵で。この感動をどうお伝えしたら伝わるでしょうか!?」

歌うように身悶えしながら言われる。この義妹、本当に変わっている……

「失礼いたします。奥方様、そろそろご準備をお願いいたします」

良い頃合で李風《りか》が回廊の端に現れて、礼を取る。内心助かったと、胸を撫で下ろす。

「あらまぁ、もうそんな時間でしたのね！　お忙しいのにお引き留めしてはダメですわね」

鈴明も物分かりのいい様子で、「さぁさぁお早く！」と促してくれた。

「午後にでも技師達を連れてお邪魔させていただきますゆえ。よろしくお願いいたしますね」

「え！　禁軍にですか？」

去り際に、驚くべき事をなんでもないかのように言われ、翠玉は目を剥く。

こんなふわふわしたご婦人が、あの雑多な禁軍にくるのか？　という違和感ばかりの組み合わせに、禁軍ってあの禁軍だよな。と頭の中で他のキングンという響きの物を探してしまった。

「技師たちと訓練の様子を見て回らせていただきますわ。そこから、武器や弾薬《だんやく》などの見積もりも出せると思いますから」

「え、見積もり⁉」

鈴明の口から出た言葉に驚く。ここ数日、翠玉を苦しめていたのが、その武器の見積もりなのだ。

翠玉は武術や戦術については学んでいたものの、軍の運営のための知識は全くないに等しかった。

数字の羅列《られつ》との戦いで、毎日投げ出したくなるのをなんとか抑えていた。

「悩んでいると伺っています。お役に立てるといいのですが？」

口先に指を立てると、内緒話でもするようにクスクスと鈴明が笑う。

どうやら冬隼の根回しらしい。なるほど、昨日の意味深な言葉はこれだったのかと理解した。

◇

午後の訓練も終盤に差し掛かった頃だった。

無月の世話を終え、厩舎《きゅうしゃ》に戻ると、通路に立ち尽くして馬達を眺め回している男がいた。

年の頃は中年。柳弦《ゆうげん》より少しばかり若いだろうか。しっかりした体躯《たいく》をしている事から、武人であると分かる。

身につけている装飾と彼の纏う雰囲気から、ただの一兵卒ではない事は分かる。はて、こんな男が禁軍の関係者にいただろうか。記憶の中を探ってみる。初見でこれほど目に留まるのだ、記憶に焼き付いていないわけがないのだが。

周囲の厩番達《うまや》が気にもせず仕事をしているところを見ると、部外者ではないらしい。

色々と考えながら、無月を伴い近づいていく。男が佇んでいる丁度そのあたりが無月のいつもの場所なのだ。

脇から来る者に気づいたのだろう。男がこちらを振り返った。

あぁ、やっぱり自分には見覚えのない人物だ。顔の全体像を見て確信する。

彼の振り向いた右眼は、それを隠すように黒い眼帯《がんたい》で覆われていた。これほどの特徴を失念するはずがない。

しかし、男は違ったらしい。翠玉の顔を見るなり、ハッとしたように唯一見えている方の瞳を見開いてこちらを見つめた。驚いているようなその表情に、翠玉は戸惑う。

「蝶《ちょう》、玉《ぎょく》」

男の口から出た名前に、翠玉は更に戸惑った。まさかこんな場所で、この名を聞くとは思っていなかった。祖国ではもう誰にも呼ばれない名前。

そしてこの国に来てからは、叔父伯母の口からしか聞く事がなかった名前……

「母を……ご存知なのですか？」

翠玉を信じられないものを見るように見つめている男は、その言葉を聞いて更に瞳を開いた。

どうやら、母の知り合いらしい。

自分と母はよく似ていると、叔父伯母からもよく言われている。もういないはずの人間が突然こんなところにいたら、それは驚くだろう。

「母？　あぁ、ではあなたが……」

翠玉の言葉に男は呆然と呟き、そして一瞬少し悲しげに目を伏せ、自嘲《じちょう》するように小さく笑う。

「これはとんでもないご無礼をいたしました」

胸の前で拳を握り、深々と頭を下げられる。

「曽州の州軍長官の張李蒙《ちょうりもう》と申します。お見知り置きいただければ幸いにございます」

「紅冬隼が妻、翠玉です」

慌てて翠玉も名乗る。

「李蒙殿！　早かったのですね」

丁度よく、後方の入り口から馴染みのある声が飛び込んできた。冬隼の副官――泰誠である。

「あれ？　奥方もいる！　ちょうど良いところに」

そんな事を言いながらこちらに駆け寄ってくる。

「泰誠か。久しぶりだな」

そんな泰誠の姿に李蒙は目を細めている。どうやらこの二人、それなりに気心が知れている仲らしい。

「馬の調子を見たくてな、相変わらずここの調教師達はいい腕をしている」

李蒙はそう言って、傍らに顔を突き出している馬の鼻先を撫でた。濃い茶毛の立派な体躯《たいく》の馬だ。先程無月を迎えにきた時には、坐昧《ざばつ》が世話をしていたはずだが、彼の姿は見当たらない。

駆け寄ってきた泰誠に挨拶代わりに無月が鼻を擦り付ける。その鼻梁《びりょう》をいつものように撫でてやりながら、泰誠はこちらに向き直る。

「あなた様が基盤を作って下さったおかげですよ」

ハハッと李蒙が笑う。

「そんな事を言わせたいのではないよ、私がいた時より、随分とまとまりもよくなっている。殿下のご苦労が知れる、もちろんお前もな」

泰誠に向ける李蒙の表情は柔らかく、まるで子の成長を喜ぶかのように翠玉には見えた。

「ありがたいお言葉ですね」

言われた泰誠も、心底嬉しそうに微笑み、翠玉に同意を求めてくる。つられて翠玉も頷く。

李蒙が冬隼や泰誠が一目置くほどの男であると、今までの二人のやり取りで分かった。だからこそ彼からの賛辞は素直に嬉しいのだろう。

「お迎えに上がりました。必要ないかもしれませんが、本部までご案内します。奥方様も手が空いたら来るようにと殿下からのご指示です」

「今は部外者だからな。よろしく頼むよ」

無月の鼻先をパンと叩いて「また今度な！」と声をかける泰誠に、面白がるように李蒙が笑う。

「私もすぐ行くわ」

翠玉も頷くと、李蒙が通路を脇に避け、道を空けてくれた。その横を通過すると、二人は先に厩《うまや》を出て行こうとする。

今は部外者だから、という事は以前は禁軍に属する立場だったのだろう。

いずれにしても、これから本部へ向かえば分かる事らしい。

置いていかれることを察した無月が不満そうに首を振り出した。

無月をなだめるのに少々手間取り、後を追って本部の会議室に入室すると、すでに李蒙を囲んで話に花が咲いていた。

どうやらこの場には彼を知らない者はいないらしい。

輪の外で、わいわいやっている皆を見守っている泰誠の元へ向かう。

翠玉が近づいてくるのに気づいた泰誠は、「来ましたね」と笑う。翠玉が気になっている事を、この男は最初から分かっているのだ。全く、いい性格をしている。

「ねぇ、李蒙って何者なの？」

コッソリ小さな声で聞いてみる。

「殿下の前の禁軍の将軍です。数年前に退いて、要所である曽州の州軍長官に今は就いています。今回、鈴明様の来訪に合わせる形で殿下が呼んだみたいです」

なるほど、と納得する。以前の身内どころか、前任の長である。それは勝手を知っていてもなんら不思議はないし、皆が彼を知っているのも頷ける。

しかし……

「冬隼が呼んだ？」

はて、そんな話を彼から聞いた事があっただろうか。もしかして鈴明の時と同様に聞き流してしまっているのかもしれない。記憶を辿っていると、冬隼が入室してきた。

「殿下！　お久しぶりにございます」

いち早く気がついた李蒙が輪の中から抜け出し、礼を取る。

「李蒙、遠路はるばるすまないな」

李蒙の顔を見た冬隼は、どこかホッとしたように頬をゆるめたようにも見えた。

「なんの、殿下のお召しであれば、この李蒙、いつでも喜んでまいります」

顔を上げた李蒙はやはり先程と同様、嬉しそうに目を細めていた。

冬隼は小さく頷くと、ぐるりとその場の面々の顔を見渡して、最後に、泰誠と翠玉を見て頷く。

「皆そろってるな」

その声を合図に皆が、所定の席へ移動をはじめた。翠玉もいつもの席に座る。冬隼の横に泰誠の物とは違う席がひと席設けられている。泰誠に促されそこに座ったのは、やはり李蒙だった。

全員が着席したのを確認して冬隼が口を開く。

「次の戦は、他国との共同戦線を張る変則的なものとなる。そのため、これを機に以前から考えていた大幅な組織の改編を行おうと思う」

そう言って集まった面々の顔を見る。

「そのために李蒙を呼んだ。私や泰誠、内部の者だけの意見では偏りが出る。外側から見てもらう者が欲しくてな。前任の彼なら申し分ないだろう」

皆、表情は変えないところを見ると、なんとなく予想はできていたらしい。

軍議《ぐんぎ》は簡単な連絡事項で終了し、まだ午後の訓練時間が残っているためか、ほとんどの将達が持ち場へ戻って行った。

「翠玉」

残った蒼雲《そううん》と簡単な打ち合わせを終えると、冬隼から声がかかる。手招きでこちらに来いと言われ、駆け寄ると、冬隼の横には李蒙の姿がある。

「先程は随分失礼をしてしまいました。翠玉様」

李蒙の表情は、どういう顔をしたら良いのだろうかと、なんだか少し困っているようだった。

「なんだ、もう会っていたのか？」

拍子抜けしたような冬隼に、翠玉は笑う。

「さっき厩《うまや》でね」

「そうか、失礼とは？」

またお前何かしでかしたのか？　と疑いの目で冬隼がこちらを見てくる。

これには、失礼なと思いながらも、苦笑いするしかなかった。

「私が失礼をしたのです、殿下。あまりにもお母上に似ておられたので、ついお母上の御名で読んでしまって困らせてしまいました」

慌てて李蒙が弁明《べんめい》する。

「翠玉様のお母上と私は幼馴染《おさななじみ》でしたので……」

ああ、なるほど、と翠玉も合点が行く。

母の知り合いであろう事は分かってはいたが、名前を呼び捨てにしていたほどだ。随分近しいのだろうと思っていたのだが、幼馴染《おさななじみ》であったならば頷ける。

「……祖国では、随分と大変な思いをされておられましたな。翠玉様が殿下のもとへお輿入《こしい》りした事は聞いてはおりましたが、こうしてお元気な姿を見て安心いたしました」

そう嬉しそうに言われ、翠玉もつられて笑う。

「ありがとうございます」

どうやら清劉国で母が死んだ事も、翠玉の祖国での扱われ方も少しは知っているらしい。なんとなくの違和感をおぼえつつ、翠玉の知らない母を知る人が他にもいた事が嬉しくも感じた。

夜、寝屋に入ると今日は冬隼の方が早く着いていたらしい。

冬隼は久しぶりに酒を飲んでくつろいでいる。ここ数日、鈴明のおかげで翠玉の仕事は随分片付いたものの、冬隼は変わらず忙しそうにしていた。

しかし今日は、随分落ち着いているように見えた。李蒙が来た事が関係しているのだろうか。

翠玉も久しぶりに酒を手にして座ると、昼からずっと気になっていた事を冬隼に投げかける。

「ねぇ、私の祖国での扱われ方って、冬隼は烈に調べさせて知ったのよね？」

「あぁ、そうだ。どうした？」

唐突な質問に、冬隼は不安げに顔を曇らせる。それについては彼自身に、どこか後ろめたさがあるらしい。

「大した事じゃないんだけど、李蒙はなぜか知っている節があったから気になって……」

他国の……しかも後宮内の情報が耳に入る事自体、珍しい事である。まして、翠玉のように日陰に追いやられていた者の事などは特に。

翠玉の言葉に、冬隼は首を傾ける。

「そうだな、たしかに……。まぁ、いまだに蘇《そ》家と繋がりがあるから、その筋からじゃないのか？」

「そうなの？　それなら確かにあり得るわね」

母の生家である蘇家は、翠玉の様子を彼等独自の経路で把握していたため、その可能性は高い。幼馴染《おさななじみ》というくらいだ。未だに家同士の関係が深くても頷ける。

「高蝶妃《こうちょうひ》にでも聞いてみようかしら。近々、鈴明が訪ねるのについて行く予定だし」

翠玉の言葉に冬隼は頷く。

「そうだな。それが一番手っ取り早いかもしれん」

母の姉であれば、李蒙とも親しい間柄だったであろう。きっと嬉々として母の昔の話をしてくれるに違いない。

「ところで、李蒙ってどんな人なの？」

素性と来歴はなんとなしに分かったが、それ以上に冬隼や泰誠にも縁が深そうだ。

翠玉の言葉に、そうくると予想していたのだろう。冬隼が小さく笑う。

「優秀だ。武人としても指揮官としても。彼の生家はもともとは皇族の血筋ではあるが、代々軍属の家柄だな。その才もあって若い頃から禁軍を率いていたが、兄上が即位して俺が軍に入り、数年したところで突然禁軍を退くと言い出した。どうやら片目の視力が失われてきて、禁軍の将として、適性を欠くと自分で判断したらしい」

あの隠された右目にはそうした理由があったのかと理解する。

「しかし、大事な人材だ。本人は地方での隠居《いんきょ》を望んだが、この国でも主要な曽州の州軍を任せることで、なんとか表舞台に残ってもらっている。おかげで今回、こうして相談役としても呼ぶことができた」

そこまで話して、冬隼は酒を飲み干す。少し残念そうに見えるのは、まだまだ李蒙の下で学びたかった事があったのだろう。

だから、すぐさま相談役に彼を呼んだのだ。

「信頼しているのね」

翠玉の問いに、冬隼は頷く。

「あぁ。柳弦に並ぶ、師だ。だから呼んだ」

そうして立ち上がると、翠玉の頭をぽんと一つ叩く。

「呼んでよかった、お前に感謝だ」

「私に？」

意味が分からず首を傾ける。そんな翠玉に冬隼は「そうだろうな」と口元を少しだけ引き上げた。

「実をいうと、再編成の件は一人で悩んでいたんだ。自分だけでなく他の意見も聞いた方がいい、多角的に見なければ、とお前が言ったのを聞いて確かにそうだと思ったんだ。実際に呼んで、今日一日話しただけでも、内部の俺には見えていなかった事がいくつかあった。本当に助かったよ」

心底安心したような、何かから解放されたような声音だった。

確かにそんな話を冬隼にした事は覚えている。三国の会談の直後だっただろうか、紫瑞国の動向を見立て、その先の策を練る上で、様々な意見が欲しいと、彼に要望をしたが……

「私は自分の仕事をしていただけよ～」

自分が不安だから言った言葉で、そんな意図で言った言葉ではなかったのだ。悩んでいたなら言ってくれても良かったのに、と唇を尖らせる。

それを見た冬隼は笑いながら、今度は翠玉の頭をクシャリと撫でた。

「それが俺の足掛かりになったのだから、感謝させろ」

◇

高蝶妃の宮を鈴明と共に訪ねたのは、冬隼とそんな会話をした二日後の事だった。

「いらっしゃい。近い期間にあなたの顔が見られて嬉しいわ」

少し前に訪ねたにもかかわらず、高蝶妃は嬉しそうに目を細め、翠玉の顔を包む。

まるで愛しい我が子にするようなそれに、久しぶりにそんな温もりを感じる翠玉は、くすぐったい気分になる。

「流石、血の縁がありますわね。蝶妃様とお義姉様、お顔立ちがどこか似ていると思っていましたが、こうして並んでいると本当の親子のようですわね」

二人を見比べ、納得したように呟くのは鈴明で、すぐさま彼女も高蝶妃の腕の中に収められる。

「あなたもよ鈴明、おかえりなさい。随分と大人の女性になってしまったのね」

ふふっと少し寂しそうに笑うと、高蝶妃は翠玉にしたように彼女の頬も包む。

「最後にお会いしたのは十代の頃ですもの。当然ですわ」

そう笑うと、高蝶妃の華奢《きゃしゃ》な身体を鈴明もそっと抱きしめる。

「お懐かしいわ。蝶妃様、いつも御文はいただいていたけど、こうして会いに来られてよかったです」

ここまでの道中で、鈴明と高蝶妃の関係については簡単に聞いていた。

鈴明の母はあまり鈴明に興味のない人だったらしい。幼い頃から年上の高蝶妃の娘達に可愛がってもらっていた事が縁で、よく高蝶妃の宮に入り浸っていたのだという。

「母より愛情を注いでくれた人だと思いますわ」と寂しそうに笑っていた。

聞けば鈴明の母も先帝亡き後は実家に戻って隠居《いんきょ》しているらしいのだが、彼女は会いに行く気はないのだという。

一通りの挨拶を終えると三人は高蝶妃の案内で邸の中を移動する。中庭に面した露《ろ》台《だい》にしつらえた卓に腰掛けると、侍女達が茶を淹れて退室していった。

しばらく鈴明の曽州での生活や、独特な嫁《とつ》ぎ先の話などに花が咲いた。

「今回の逗留先《とうりゅうさき》は、なぜ冬殿下の宮にしたの？　宮殿の客殿が使えたのではないの？」

今回の帰都について話が及んだところで、高蝶妃が首を傾げた。

その言葉に鈴明はとんでもないと首を振る。

「そんな堅苦しいところ、息がつまります！　宮廷生活を脱して随分経っていますから。今更無理ですわ。しかも皆様、私が嫁《とつ》いだ後に来ている方々ばかりですし、気を遣われるでしょう？」

たしかにそうかもしれない、と翠玉は思う。

ここまでの鈴明の宮での様子を思い出してみると。結構自由気ままに立ち歩いているように見える。これを後宮の場でやるのは少々悪目立ちするだろう。

「紗蘭《さらん》だって、今は大変な時期でしょうし」

「たしかに、ご懐妊《かいにん》と伺っているけど、まだお加減は悪いのかしら？」

そう言って二人の視線が問うように翠玉に集まる。

はて、紗蘭とは……そう遠くない頃にどこかで聞いたような名前だと思う。記憶を掘り返そうとしていると、察した鈴明が「あぁ……」と理解したように笑う。

「泉妃の名です。泉紗蘭」

「あ！　なるほど。そういえば、冬隼が一度咄嗟に呼んでいたかも……」

理解すると同時に記憶が蘇る。泉妃の宮に忍び込む者がいると分かった時の事だ。緊急避難で自邸に匿《かくま》った際、翠玉に詰め寄る冬隼を止めようとした泉妃に対して、彼が咄嗟に呼んだのだ。

「泉妃とも交流がお有りだったのですね」

これは意外だった。今回鈴明は久々の帰都ということもあって、様々な縁のある人に会いに回っているのだが、日程には泉妃を訪ねるどころか後宮に近づくような予定はなかったように記憶している。

そんな翠玉の問いに、鈴明と高蝶妃が顔を見合わせて、ふふふと笑う。

「紗蘭はもともと、私の近習《きんじゅう》でした。といっても歳は少し上だから、姉みたいな感じかしら。子供の頃はずっと一緒でした。その関係で皇帝陛下と知り合い、恋仲になって今の地位にいます」

鈴明のその説明は、翠玉には十分に納得できるものだった。近しかったからこそ、今の泉妃の状況を十分に把握しているのだろう。負担をかけないように訪問を控えたということか。

「なるほど、そういう事だったのですね」

皇子、皇女には、一緒に遊んだり学んだりするために、幼い頃から近習《きんじゅう》がつけられる事が多い。

抜擢《ばってき》されるのはだいたいが貴族や皇族筋、高官の子弟である。特に皇子の近習《きんじゅう》達は、そのほとんどが仕えた皇子を生涯に渡って支え続ける。

冬隼にとっては泰誠がそれだ。泰誠の他にも数人いるらしいが、皆地方の州軍に散っていると、なんとなく聞いた事があった。

そして皇女の近習《きんじゅう》達は、そのほとんどが仕える皇女の兄弟達の花嫁候補となる。ほんの一握りが、めでたく皇子達に見染められ、また一握りが「知らぬ者を嫁に娶《めと》るよりは素性も確かだし、気心も知れているからいいか」と指名されて政略的に嫁《とつ》ぐ。

そして残りの者達も、皇女のお付きをやっていたという箔《はく》がつき、嫁入り先も困らないどころか割と良い家に嫁《とつ》ぐ事ができるのだ。

遠い昔、翠玉にもそんな近習《きんじゅう》はいたのだが、母と兄が没し、日陰に追いやられるにつれて姿を見なくなった。

母の没後に権力を持ったのは劉妃の母だ。彼女が目の敵にして徹底的に蔑ろにしている皇女の近習《きんじゅう》でいたとて、なんの箔《はく》もつかない。むしろ立場が悪くなる可能性の方が高い。はじめは病だなんだと都合をつけ、次第になんの音沙汰もなくなった。

後宮の中では世継ぎ争い以外にも、そんな駆け引きが水面下で繰り広げられている。その中でいえば、泉妃は皇帝に近しい皇女に仕え、見染められて第一皇子の生母《せいぼ》となった。一番の勝者である。

しかし、いつも不安そうで子供達の身を案じている彼女の姿を見ると、だから幸せなのかというとそうでもなさそうだから、複雑なところだ。

「ちなみに、冬兄様の初恋も彼女ですわ」

皇帝と泉妃の馴れ初めの繋がりに納得していると、鈴明がここだけの話といわんばかりに、声を潜めて話す。

「え⁉　あの冬隼が？」

驚きのあまり、反対に翠玉は声がいささか大きくなった。

あの冬隼に初恋なんていう甘酸《あまず》っぱいものがあったのか……考えてみるが、想像がつかない。恐らくそんな思いが顔に出ていたのだろう。

「あら？　冬兄様だってそれなりに恋人もいたし、お相手にも困ってなかったと思いますけど……」

あまりにもピンときていない顔をしていたのか、鈴明が「当たり前でしょう」と呆れたように笑う。

「そうなの？　想像がつかないわ」

あまりにも想像がつかなさすぎて、つい助けを求めるように、高蝶妃を見てしまった。

「まぁ、そういった噂はあったわね……たしかに」

いささか言い辛そうに肯定が返ってきた。

「その割には縁談から逃げていたから、紗蘭が忘れられないのかとも思っていたのだけど。いざお義姉様とご結婚してみたら始終一緒にいるほど仲睦まじいので、本当に良かったと思っていますのよ？」

嬉しそうに……感慨深そうに微笑む鈴明の言葉を受けて、翠玉は顔が引きつるのを感じた。

そこについては、冬隼がこれ以上、側室を斡旋《あっせん》されないよう、翠玉と上手くいっているように振舞っているものだと知っているから、なんとも反応し辛い。思わず乾いた笑いが漏れた。

たしかに考えてみれば、女性の扱いに不慣れという感じはないが……翠玉自身に比較対象がないため、断言できないのが悲しいところだ。

そういえば、この前も不意に口付けしてきたなぁ。あれはあれで翠玉には初めての事だったので驚いたのだが、冬隼にとっては造作もない事なのかもしれない。

なんだ……そうだったのか……。チクリと何かが胸につかえた。

「そういえば、張李蒙には会った？」

翠玉がぼんやりと考えていると、高蝶妃が唐突に話題を変えた。

「ええ、はい。母と幼馴染《おさななじみ》とか……母と似ていて驚いたと言われました」

丁度この件を聞きたかった事もあり、すぐに気持ちはそちらへ引き寄せられた。

「そうでしょうね」

翠玉の言葉に、納得したように高蝶妃は頷く。

「私の清劉での暮らしを少しばかり知っている様子でしたが、蘇家の方から聞いているのでしょうか?」

高蝶妃が話題を向けてきたという事はその可能性が高いのかと思い聞いてみたのだが、予想に反して彼女は意外そうな顔をした。

「それは、ないはずだけど……」

そして、少し悲しげに目を伏せると、何かを理解したかのように小さく頷いた。

「でも彼なら独自に情報を仕入れていたかもしれないわね」

「なぜそんなことを?」

他国の後宮の情報を禁軍の将が独自に仕入れるのはなかなか危険な行為であるし、骨が折れただろうに、なぜ? と疑問が湧き上がる。

怪訝そうにしている翠玉を見て、高蝶妃は「そう思うわよね」と頷く。

少し考えて、意を決したように口を開いた。

「蝶玉……あなたの母と彼は、恋人同士だったから」

「えぇ⁉」

意外すぎる言葉に、思わず椅子から腰を浮かせかけたが、すんでのところで耐えた。

そんな翠玉の反応を見て、「驚くわよね」と理解するように高蝶妃は笑い、「昔の事よ」と前置く。

「私達と李蒙は、幼少の頃からずっと仲がよかったの。家同士が近い上に、父達も先々代の皇帝の近習《きんじゅう》同士で仲が良かった事もあったわ。私から見ていても、二人は成長の過程で少しずつ互いを異性として意識して、自然と恋をしていたわ。いずれは結婚すると誰もが思っていたくらい、お似合いだった」

高蝶妃の表情は、遠い昔を懐かしむように、柔らかい。それだけで、母がどれだけ幸せにその時間を過ごしていたのかが伝わってきた。

「でも。二人がそろそろ婚姻に向けて動き出そうと準備を始めた頃、清劉との縁談で、蝶玉に白羽《しらは》の矢が立ってしまったのよ」

高蝶妃の瞳が悲しげに揺れる。

「当時私は、皇帝の側室に成り立てで、皇帝の寵愛《ちょうあい》をいただいていた頃だったの。今思えばそれで皇帝の目に留まりやすかったのかもしれないわ。先帝は姉妹が少なくて、ちょうどいい年端の皇女がいなかったの。だから皇族筋の適齢の子女を養子に取って形ばかりの皇女の身分を与えて、外交のために他国に嫁《とつ》がせる事は、あの時代よくある事だったわ」

確かに、清劉国での母の位は高かった。それは、母が異国の皇女という身分を持っていたからだ。そんな事を思い出して、翠玉は膝の上の手を握りしめる。

「当時李蒙は禁軍の将に成り立てだった。皇帝の命には逆らえなかったのよ。二人は別れるしかなかったわ。せめてもと蝶玉を清劉に送る隊に同行を申し出たみたいだけど、駆け落ちを懸念されて、認められなかったみたい」

高蝶妃がどこか申し訳なさそうなのは、二人を引き離すきっかけになってしまったのが自分であるからなのだろう。

「どんな、想いだったでしょうね……」

その言葉には、悲しみが重く乗っていた。

「ほどなく李蒙にも縁談がきて、彼もそれを受けたわ。今もその奥方は王都で暮らしているから、多分、形ばかりの夫婦なのでしょうね。蝶玉が亡くなったあとも、その子供達の行く末を案じるほどには、まだ彼の中にあの子が残っていたのね」

高蝶妃の切ない呟きに、しばらく、誰も言葉を発する事ができなかった。

「物語のような、お話ですね。あの、李蒙にそんな事があったのですね」

絞り出すように言葉を発したのは鈴明だった。

曽州の州軍長官と曽州を代表する有力者の妻として、日頃から関わりが大きいのだろう。

今回の李蒙の帰都の目的は、冬隼の相談役を務める事であるのだが、公の上での役目は、彼女が帰都する際の護衛という事になっているのだ。

「良い結末であればよかったのだけどもね」

悲しげな瞳のまま、高蝶妃の視線が、未だぼんやりとしている翠玉に向けられる。

「そういう事、だったのですね」

意外な事が多すぎて、頭と感情の整理が追いつかなかった。

そんな翠玉の手を、高蝶妃が優しく包む。

その手は先程頬を包まれた時に比べて冷たいように思えた。

「話す機会があって、もし彼が望むのであれば。あちらでの蝶玉の様子や、あなたが見てきた姿を伝えてあげて」

李蒙が妹の姿を未だ追い求めるなら、気が済むまで付き合ってやってほしい。そんな事を姪《めい》に頼むのも心苦しいのだろう。

しかし、それが高蝶妃が彼にしてあげられる罪滅ぼしなのかもしれない。

「はい、分かりました」

いつまでも自分を責め続ける伯母が不憫《ふびん》であったのもあるが、翠玉にはなんとなく母もそれを望んでいるように思えた。

「でも、ちょっと羨ましくもあります」

三人で冷めてしまった茶に手をつけ、一息ついたところで、鈴明が呟いた。

「羨ましい？」

不思議に思って見ると、鈴明が困ったように笑う。

「気を悪くされたらごめんなさいね。この身分で心から愛する人に出会えて、一度でも心通じることができた事が、私は少し羨ましく思えてしまうのです」

そう言った彼女もどこか、懐かしい何かを追っているようだった。

「ほら、私達の身分だと、その前に好きでもない男に嫁《とつ》がなければならないでしょう？」

鈴明の言っている事は、翠玉にも理解できた。

多くの皇族、貴族、良家の娘達は十代半ばから後半には、嫁《とつ》ぎ先が決まるのが常だ。初恋など知らぬまま嫁《とつ》ぎ、そのまま恋心を知らずに生涯を終える者も多い。

嫁《とつ》ぎ先の夫と運良く波長が合い、引かれ合う事ができれば良いのだが、そんな幸運は一握りだろう。

正妻という確たる立場についたとしても、義務的に跡取りを産むか、もしくはそれすらかなわず、夫が寵《ちょう》を注ぐ側室の上に、矜持《きょうじ》だけで君臨《くんりん》するしかないのだ。

ふと、翠玉は思う。二十五まで結婚を先延ばしにしていても、恋心というものには出会わず、冬隼のもとに嫁《とつ》いだ。自分はどの立場になるのだろうか。

考えて、胸の奥がざわついた。

そんな時、高蝶妃が大きく頷いた。

「鈴明の言いたい事は、たしかに分かるわ。実はあの子は嫁《とつ》ぐ前に、謝る私に言ったの」

そう言って高蝶妃は窓の外を見る。その方角は東、清劉国の方角だ。

「この身分で、愛する人に出会えただけで私は幸運だと思うわ。だから悲しいなんて事ないのって。その時は確かに一理あるわと、思ったのだけどね。この歳になって、結ばれないのならそんな気持ちは知らない方が良かったのかもしれないと思う事もあるの。どちらが良かったのか、妹が生きていたなら、今なら聞いてみる事もできたのにね。残念だわ」


馬車にゆられて帰路に就きながら、未だ混乱する頭の中を整理した。

鈴明はこの後、別の縁者を訪ねるため別行動となっており、馬車の中には翠玉一人だ。

高蝶妃から聞いた母の話には知らない事が多すぎて、未だ自分の中では整理がつかない何かが胸を渦巻いて、重たく胃の腑《ふ》のあたりにいた。

祖国に愛した人がいたのに別れなければならなかった母。

嫁《とつ》ぎ先で子を沢山産み、皇后まで上り詰めた母。

それで終わればまだ浮かばれただろうに。結果として母は毒殺されたのだ。これほど母と李蒙にとってやるせない事はなかっただろう。

幼い翠玉には、父と母は愛し合っていたように思えた。

しかし、今になりこの話を聞いた後だと、それも疑問な点がいくつかあるように思えてきた。

たしかに母は父の寵愛《ちょうあい》を受けていた。父が母を大切に思っていたのは分かる。

でも母は？　皇帝の妃である以上、愛情がある素振りなどいくらでもできただろう。

そう振る舞うのが、皇帝の妃の務めであるのも事実だ。

母はずっと、父とは違う男を思っていたのかもしれない。

胸がギュッと縮んだ。なんて悲しいのだろうか。

もし母が生きていたら、父が亡くなれば今の高蝶妃のように自由の身だった。仮に兄達が生きていて彼等が皇帝になっていたとしても、祖国に一時的にでも戻る事はできたはずだ。

そうしたら、ほんのひと時でも二人は会えたのではないだろうか。

「母様」

大好きな人と別れ、そこで儲けた子を亡くし、無念のうちに自らも毒を盛られた母の気持ちを思うとやるせなかった。

脳裏に浮かぶのは、母が死して後、微笑んだ親子の顔。

母の大切なものを根こそぎ奪い、彼女の犠牲を踏みにじった祖国の後宮。

後宮の華《はな》と言われる女達の、美しさの中に隠された小さくて鋭い棘《とげ》を翠玉はよく知っている。そんな中で母は幾度。李蒙の事を思い出し、彼との叶わなかった将来に想いを馳せただろうか。

そう思うと、ジワリと胸の奥から痛みが沸き上がるのを感じて。

翠玉は、きゅうっと強く拳を握った。

「どうした？　今日はいつになく静かだな？」

夜半《やはん》、寝屋に入ってきた冬隼の言葉にハッと顔を上げる。

心配そうに顔を覗き込む冬隼と目が合う。

「具合でも悪いか？」

そう言って近づいてくると、翠玉の脇の卓で茶を注ぎ、杯を差し出してくる。

「大丈夫！　ちょっと考え事」

小さく笑って、杯を受け取る。

「ならばいいが。そういえば高蝶妃のところに行っていたのだな。何か分かったか？」

まさにその事で頭がいっぱいだったのだと、弱々しく微笑むと、一口茶を飲み、膝を抱える。

「母の昔の恋人だったわ」

自分は十分驚いたのだが、冬隼はどんな顔をするだろうか。

「あぁ、やはりか」

しかし冬隼の反応はさほど驚いていないようだった。

「知っていたの?」

ならば事前に言ってくれてもよかったのではないかと思う。そんな非難めいたものが顔に出ていたのだろう。冬隼が気まずそうに視線を逸らせた。

「なんというか、そうだろうなって。なんとなくだ! 雰囲気で……」

何が決め手かと言われれば説明は難しいが、勘だとさらりと言われて。翠玉は唖然とする。自分は微塵《みじん》も分からなかったのに、冬隼が予測できていた事に驚きを隠せない。

鈍そうなのに……などとちょっと失礼な事を考えたが、ふと鈴明の言葉が蘇る。

そうだ、彼にはそれなりに恋愛の経験値があるのだった。

そう思ったら、何となく、喉の奥にツンと何かが刺さるような感覚に見舞われた。

分かっていないのは自分だけだったのか。

「まぁそういう事よ。だから、特に心配ないわ」

そう言うと杯を卓に戻して立ち上がる。

「なんか、疲れちゃった。先寝るわね! おやすみ」

そう言って冬隼に背を向けると、寝台に上がり横になる。

「おい。そんな事でしおらしくなっていたわけではないだろう？　唐突に話を終えるなよ」

翠玉の態度を不審に思ったのだろう。引き止めるような声が追いかけてくる。

「眠くなっちゃったのよ。詳しくはまた明日。おやすみなさい」

なぜか突然涙が溢れてきたので背を向け、丸くなって眠る姿勢になる。

母の事を思い出したのかもしれない。

帰りの馬車の中では込み上げてなどこなかったのに、なぜ今になって……。自分でもよく分からない。けれど、どういう訳か冬隼に気付かれたくはなかった。

しばらく途方にくれた冬隼の気配があったが、茶器を片付ける音が鳴り。しばらくすると明かりが消される。彼も寝る準備にかかっているのだろう。寝台に上がる気配が背越しに伝わってきた。

不意に背中に温かな彼の手が当てられる。

「言いたくなければそれでいいが。無理はするなよ」

思いの外、耳元で呟かれた声に心臓が跳ね上がる。

耳が熱い。

ずるい。

冬隼が今まで相手にしてきた娘たちに比べて自分など容易いのだろう。ずるいのよ。心の中で毒づいた。

◇

高蝶妃の宮を訪ねてから三日後の事だった。

午前に爛皇子の稽古を終え、宮で遅めの昼餉《ひるげ》を取った後に、禁軍の演習場に向かっていると、少し先に同じように馬に乗る背中を見とめる。年齢の割に背筋が通り、若々しいその背中は李蒙である。

声をかけようかと思ったところ、気配を察したのかその背中がこちらを振り返る。

流石だと感心すると同時に、そちらに向かって無月の足を速める。

「これは、翠玉様」

近づいてくる翠玉を、眩しそうに見とめた李蒙は馬の足を止めて待ってくれた。

「これから冬隼のところですか？」

「はい。翠玉様も禁軍に向かわれるのですか？」

「はい。これから修練がありますので」

二人で肩を並べて馬を進める。

乾期《かんき》も終わりに移って来たが、日差しはまだ強い。日陰を選んで進んでゆく。

翠玉の頭の中では、数日前に聞いた高蝶妃の言葉を反芻《はんすう》していた。

聞いてしまった以上、知らないふりのままはできないだろう。

「高蝶妃から色々と聞きました」

意を決して、その言葉だけを投げかけてみた。

一瞬意表を突かれたように、キョトンとした李蒙は、それでもすぐにその言わんとしている事に気づいたらしい。

「聞いてしまわれたか、ご不快にさせてしまって申し訳ありません」

困ったような、恥ずかしいようなそんな笑みを浮かべた。

「いえ、むしろ辛い事を思い出させて申し訳ありません」

李蒙にとって触れたくはない話題ではなかった事に、いささか安堵する。

翠玉の言葉に、李蒙は慌てて首を振る。

「それは違います！　私はあなた様に会えて嬉しいのです。お母上が亡くなった後も、ずっと情報を仕入れておりました。あなたが不遇な目に遭っている事も案じておりましたので、殿下に輿入《こしい》れをなさると知った時には、本当に嬉しかったのです。それに」

そこまで言って、少し口を開くのを躊躇しているようだったが、意を決したように翠玉をしっかりと見据えた。

「こうしてお会いできて、あの日の彼女を思い出して、懐かしむ事ができました」

李蒙の布で覆った片方の瞳には、翠玉ではない何かが映っているのかもしれないと、感じた。

この人がどれだけ母を大切に思っていたのか、今でも思ってくれているのか、痛いほど伝わってくる。

「こんなにも思ってもらえるなんて、母はきっとあなたといる時はとても幸せだったのでしょうね」

「そうであったなら、いいのですがね」

なんだか変な感じである。母の昔の恋人と、昔の恋の話をしているのだ。嫌な気分になるどころか、なぜかとても温かいのは、母と彼がとても素敵な関係だったという事なのだろうか。

そう不思議に感じていると、その空気がキリリと一変する。

これは馴染みがある。わずかばかりの殺気だ。

次第にそれは鮮明になる。

数はさほど多くない、か……。視線を上げると、李蒙と目が合う。流石に李蒙も気付いているらしく先程までと、彼の纏う気配が変わった。

最近大人しかったのだが、やはりまだ諦めてはいないという事だろうか。

そんな事を考えていると、視界に何やら光る物が目に入る。

飛刀だ!!

そう思った時には反射的に身体が動き、無月の背中から転がり降りていた。

「翠玉様！」

李蒙も翠玉と同じ頃合いで見切ったのだろう。鋭い声が響いた。

頭の上を何かが空を切る音が通り過ぎ、次いでトスッと地面に刺さる音がする。危機一髪、かわす事には成功した。

「無月、離れなさい！」

着地と同時に無月の尻を叩く。

飛んで来た飛刀は毒つきの暗器《あんき》である。身体の大きな無月はいい的《まと》になってしまう。

そしてその大きな身体は、翠玉の死角《しかく》を作ってしまいかねない。

意を理解したのか、無月は尻を叩かれるや否や、大きく嘶いて走り出すと、きちんと行って欲しい方向へ逃げていった。

その方向を視界の端で確認しながら、敵の気配を探る。

視界の端で、李蒙も馬を降りているのを確認する。至近距離の飛び道具を使う敵相手では、馬上ではいい的だ。

「大体の居場所は分かっているわ、出てらっしゃい」

腰帯《こしおび》から同じような飛刀を抜き取ると、手早く四方の茂みに投げ込む。すぐに飛刀をかわすように、男達が転がり出て来た。数は四人。

そこでどうやら五人いたらしい事に気がつく。残る一人は、飛刀が命中したらしい。茂みの中で重い物が地に沈む音がした。

茂みの中から飛び出して来た男達を見回すと、みな農夫の格好をしている。

思い出してみれば、宮からここまでの道のりで、いつもより農夫とすれ違うことが多いなぁと無意識に感じていた。

どうやら、翠玉の護衛が手薄であるのを確認した上で、先回りして待ち伏せていたらしい。

護衛の双子、樂《がく》の方は自邸へ忘れ物を取りに行かせてしまった。残っているのは、少し後を付いて来ていた女性の楽《らく》である。

女二人ならば容易いと思ったに違いない。

「こいつらは、いったい……」

同じように、彼らを見渡しながらも、ただ事ではない事態を察した李蒙が、低く構えるのが視界の端に映った。

彼らの誤算は、翠玉が李蒙に出会ってしまった事だろう。

自分達の張る地点に翠玉が達したが、謎の武人風の男と一緒にいる。これはどうしようか、と彼らの中に変な緊張が走ったのだ。

そのわずかな空気の揺れを逃す翠玉と李蒙ではなかった。

そしてまた、こちらが気づいたことに奴らの一人が即座に反応してしまったらしい。思いがけず対峙する事になってしまった彼らは、ジリジリと間合いを取りながらこちらを警戒している。

「ごめんなさい、李蒙。どうやら巻き込んでしまったみたいです」

翠玉にとっては幸いであるが、巻き込まれた李蒙にとってはたまらないだろう。

ピィィと高い笛の音色が風を割る。

「奥方様！」

翠玉と李蒙に遠慮して距離をとっていた楽が事態を見て駆けつけてくる。非常事態の笛を鳴らしたのはどうやら彼女のようだ。

「楽、そちらの茂みに一人倒れているから状態を確認して！」

彼女の方を見ずに指示を飛ばす。

ここは、禁軍施設の目と鼻の先である。そうかからず援軍が来るだろう。

「詳しい話は後々お伺いいたしましょう。久々の実戦です。腕鳴らしにはちょうどいい」

どこまで理解したのかは分からないが、李蒙が剣を抜く音がする。同時に背越しに、ただならぬ気迫を感じた。歴戦の元禁軍将軍である。心配する方が失礼というものだ。

兎にも角にも、目の前の敵二人をどうにか片付けなければならない。

翠玉も剣を抜いて構える。対峙した二人を見比べ、右側の男めがけて走り込む。

男は手にした剣を向かってくる翠玉に上から振り下ろす。が、そんな事は当たり前に翠玉にも読めている。寸前で素早く右側に避けると、左手に隠し持った短剣を男の脇腹に突き立てる。

素早く男の身体から離れると、先程いた場所に、もう一人の男の切っ先が届いたところだった。

視界の端では、李蒙が見事に一人を討ち取るのが見えた。

残る男と睨み合う。

「ちっ！　撤収だ！」

李蒙の方の残る一人が声を上げる。

どうやら共に一対一では勝ち目がないと踏んだのだろう。

「逃がすか！」

李蒙が追い縋ろうとするが、彼らの反応は早かった。その場に転がる仲間を無視して、茂みの中に飛び込み、消えていく。

樹や岩影の多い林の中は安易に飛び込むと待ち伏せをうける可能性がある。これ以上の後追いは危険と判断し、翠玉も李蒙も追う事は諦めた。

最初から、彼らに茂みを背にして戦わせてしまっていたのがいけなかったのだ。

「奥方様、お怪我はございませんか？」

茂みの中に倒れていた男を縛り上げて、引き摺り出してきた楽がこちらに向かって縄を投げてくる。

流石の彼女も、こう何回も翠玉に付き合って修羅場をくぐってきていると、はじめの頃に比べて随分と肝が据わってきている。

「大丈夫よ、なんか拍子抜けするくらい半端な刺客《しかく》ね」

そう言いながら傍に倒れている男の手足に縄を素早く巻きつける。

「刺客《しかく》？　いったいなぜこのようなところに？」

李蒙がすぐに反応して手伝いを買ってでてくれた。

「おそらく私を狙っていたのだと思います。巻き込んでしまってごめんなさい」

彼が倒したもう一人の刺客《しかく》を見ると、どうやら絶命しているらしい。

その腕前は視界の端で見ていても鮮やかなものだった。巻き込んでしまったのは申し訳ないが、チラリとでも彼の実戦を見られたことは翠玉にとって幸運だったのかもしれない。

男を縛り上げると、丁度それと同じくして、馬の集団が地を鳴らす音が近づいてくる。

どうやら援軍が到着したようだ。

「間に合いませんでしたか」

援護にやってきた泰誠がまず先に発した言葉はこれだった。

その言葉を聞いて、翠玉は軽く笑う。

「ほんのちょっとね！」

彼はいつも一足遅い事を気にしているのだ。

「ご無事ですね？　おや、李蒙殿が一緒でしたか！」

「大丈夫よ、ありがとう。李蒙とはたまたまそこで一緒になって、巻き込んでしまったわ」

肩をすくめると、泰誠は真剣な面持ちで周囲を見回す。部下に二、三指示を出すと、馬から降りる。

「ありがとうございます、李蒙殿。お怪我はございませんか？」

「大丈夫だ。それよりどういう事なのか説明してほしい。奴らは翠玉様を狙っているらしいが」

問われた泰誠は翠玉と李蒙を見比べると、頷く。

「とにかく、本部までまいりましょう」

本部に着くまでの間に、泰誠が一通りこれまでの状況を説明する。

翠玉を狙う刺客《しかく》達の、黒幕が誰なのかも分からない上、その目的も分からない。ただ、後宮に関わっている可能性が高いという話を聞いた李蒙の表情が、みるみる険しくなっていくのが分かった。

「まだ、そんな事になっていたのですか」

愕然としたように李蒙が漏らした言葉には、様々な思いが渦巻いているように思えて、翠玉の胸の奥が絞めつけられる。

彼の最愛の人であった母は、彼の手の届かない異国の後宮で、覇権《はけん》争いに巻き込まれ命を落とした。そして同じ頃、彼が武術を教えていた皇子達も、後宮の中で命を狙われ藻掻《もが》いていたのを目の当たりにしていたに違いない。

まだ、そのような愚かなことが繰り返されているのかと……大切な者を奪われた身としては、やるせない思いを持つのは当然だろう。

本部に到着すると、丁度冬隼が駆けつけてきたところだった。

今日は演習場の最奥での訓練だった筈だから、随分と急いで来てくれたのだろう。

彼の顔色が少し悪いのは、以前の事を思い出させてしまったからかもしれない。

「大丈夫か！」

到着するなり、周囲の者達など一切目に入っていないという様子で足早に近づいてくると、翠玉の両肩を掴み、上から下まで確認する。

今回は返り血も浴びていないし、怪我もしていない。すぐに無事である事を目視で確認すると、冬隼の手から力が緩んだ。

「大丈夫よ、李蒙が居合わせたおかげで随分楽勝だったの」

そう笑いかけると、驚いたように冬隼の視線が李蒙を探して彷徨《さまよ》い、直ぐ脇に控えていたことにようやく気付く。

「李蒙。心より礼を言う。共にいてくれた時で良かった」

翠玉の肩から手を離すと李蒙に向き直り、言われた李蒙は恐縮するように一歩下がった。

「たまたまです殿下。礼など及びませぬ。しかし……いえ、私如きの出る幕ではありませんね。とにかく……翠玉様にお怪我がなくて良かったです」

顔を曇らせ、自分に言い聞かせるように首を振った彼が、何を言いたかったのか……翠玉にも冬隼にも理解はできた。巻き込んでしまった上、彼にはひどく辛く古い出来事を、思い出させてしまった事を、翠玉は申し訳なく思った。

「本当に、怪我はなかったのだな？」

あんな事があったせいか、帰宅は強制的に冬隼と共にする事になった。

あの後すぐに、冬隼は李蒙と幹部数名を含めた会議に入っていたし、翠玉は兵達の修練に出ていたため、数時間ぶりの顔合わせだった。

彼は彼でこれまでの刺客《しかく》の襲撃で起こった事を思い出したに違いない。過去二回とも、目の前で妻が死にかける姿を見せられているのだ。

まだ少しばかり心配そうな様子でいる冬隼に努めて明るく笑う。

「大丈夫よ！　かすり傷ひとつしてないわ。李蒙の腕前に見入る余裕があるくらいよ？　素晴らしい腕前よね！」

実際には少しの動きだけを見たのだが、それでも彼の腕前は間違いないと確信できた。その言葉に冬隼も頷く。

「地方の将にしておくのはもったいないのだがな、いくら言っても腕が落ちたからと戻っては来ないのだ」

あれで、腕が落ちたとは。全盛期はどんなにすごかったのだろうか。

「一度手合わせしたいわ～」

そんな呑気《のんき》な翠玉の言葉に、冬隼がようやく安堵したように息を吐いた。

「とりあえず無事で良かった」

先ほどより、柔らかくなったその声音に、翠玉も肩の力を抜く。

「護衛もまた再編成するぞ。今回の刺客《しかく》の者達の質は随分低そうだと泰誠が言っていたが、それは本当か？」

どうやら、捕らえた者たちの様子や、争った形跡、李蒙の証言などから泰誠が分析したらしい。翠玉もその見立てには同感であった。

「少人数だし、李蒙がいる場で仕掛けてくるなんて、やる気がないのかしらね？　連携もなってなかったし、個々の質も今までの連中の比じゃないほど弱かったわ」

「狙いはなんだろうか」

低くうなるように呟いた冬隼の言葉に、首を傾ける。

「警告……とか？」

「何に対してだ？」

「うーん……とりあえずまだ狙ってるぞ！　油断するなよ、とか？　違うわね……きっと」

自分で言ってみて現実的ではないなと、首を振る。

「未だお前を狙う理由が不透明だな」

唸る冬隼に首をすくめて見せる。

「若干一名だけ、説明がつく者がいるにはいるのだけど。もしそうなら、分かりやすすぎて不可解だわ」

後宮の黄毒《こうどく》事件の際の、異母姉――劉妃のあの警告とも取れる言葉を思い出す。たしかに全ての事に姉が絡んでいるのならば、話は簡単で全て収まりはするのだが……そうであれば、あのような警告をするはずなどないだろう。

「……お前の祖国が絡んでいる事はない、よな？」

冬隼が険しい顔をこちらに向けてくる。

「清劉？」

「お前がその、戦術に関する知識を持つと知っている者はいないのか？」

そう問われて、なんとなく冬隼の言わんとしている事が分かった。

「いないと思うけど、確実とも言えないわ」

たしかに清劉国にとって、壁老師《へきろうし》の知識が他国に渡るのは避けたいだろう。実際それがあるから、壁老師は慎重に時と場所を選んで翠玉に指南《しなん》をしていた。

「もし、その情報が漏れたのだとしたら、お世継ぎ問題に体《てい》よく絡めてお前を消しにきたとは考えられないか？」

冬隼の言葉にしばらく考える。確かに、清劉国にとって、翠玉の持つ知識はそれくらいの事を起こす理由になりはするだろう。しかし……

「なくは、ないわね。でも、清劉から刺客《しかく》を送るのは現実的じゃないわ。清劉からの指示を受けて劉妃が手配したとしても……あの姉が素直に使われるとも思えないのよね。第二皇子の母としても不利にしかならないわ」

いくら翠玉を嫌っているとしても、姉はこの国の妃の一人だ。清劉国と繋がり翠玉に害をなしたとなんらかの形で露見してしまった日には、自分の立場も、皇子のお世継ぎとしての適性も問われてしまう。そんな事をあの姉が引き受けるだろうか。

「たしかにそうだな……」

冬隼も同じ認識に至っているらしく、静かに頷く。

結局、二人でしばし悩むが、埒《らち》があかず、現段階で答えを導き出すことはできなかった。

「とりあえず、まだ狙われているという認識の上で行動するしかないだろうな。しばらくは辛抱《しんぼう》しろよ」

護衛編成を見直すとなれば、しばらくは移動の度に翠玉の周囲が賑やかになる。どうしても煩わしく思う事はあるものの、それで周囲が安心していられるならば、それに越した事はない。

「はーい」

渋々「是」の意を表せば、恐らくそんな翠玉の考えなどお見通しであろう冬隼が、慰めるようにポンポンっと翠玉の頭を撫でた。

「お義姉様！　お怪我はございませんか？」

帰宅するや否や、どこからか話を聞きつけた鈴明が駆け寄ってきた。

なぜ？　と首を傾げかけたが、邸内に入ると警備体勢が強化されている事が一目瞭然だった。これは、誰でも何かあったのだろうと察する。

「大変な目に遭われましたね」

翠玉の手を握ると、瞳を潤ませながら「ご無事で良かったです」と見上げてくる。

「大丈夫ですよ、慣れっこですから」

それもどうなのだ、と思ったが本当の事なので仕方がない。背後で同じ事を思ったのだろう、冬隼のため息も聞こえる。

三人で連れ立って邸内に入り、自室の方に歩いてゆく。途中、邸内の警備を差配《さはい》する者が冬隼のもとにやってきて、冬隼はそのままその男と西の棟に消えていった。

「李蒙が随分思い詰めていました」

しばらく回廊を進み、鈴明に与えられた部屋が近くなると、不安そうにこちらを見上げてきた。

今日も鈴明は禁軍に詰めていたはずだ。どうやらあの後、李蒙と会ったらしい。情報はそちらからであったのかと、理解する。

「李蒙が？」

「お義姉様はどこでも安らげないのだろうかと、言っておりました」

悲しげに瞳を伏せた鈴明の言葉に、翠玉は唇を引き結ぶ。

禁軍本部で冬隼に礼を言われた後に彼が言いかけた言葉は、やはり翠玉の過去を知った上で、翠玉を案じてくれたものだったのだ。

彼はきっとどこかで翠玉の中に、無意識に母を重ねているから、まだ辛い思いをせねばならないのかと、心穏やかにはいられないのだろう。

「そんな心配をしていただけるなんて、ありがたい話です。でも、それも私がやりたいことをやっているからなので、仕方ないのだと、私は割り切っていますから……」

煩わしいとは思っているが、だからといって大人しくする気もないのだ。

鈴明も自分の家のために使命を持って働く女性だ。翠玉の言わんとしている事を理解したのか、それ以上何も言うことはなかった。

「兄様が必ずお守りくださるでしょう。でもくれぐれもご無理はなさらないでくださいませね」

ただ握りしめた翠玉の手に、ほんの少しだけ、勇気づけるように力が加わったように感じた。

◇

「ねえ、李蒙、稽古つけてくれない？」

襲撃から一週間ほど経った頃、厩《うまや》で自身の愛馬の世話をしている李蒙を見つけて声をかける。

この後彼はまた冬隼の元に行き、会議を行う予定になっているはずだ。しかし冬隼が現在、他の会議に出ており、それが立て込んでいるのを翠玉は知っていた。

時間は十分にあるだろう。

「あなた様にですか？」

驚いたように見返され、翠玉は肩をすくめる。

「この間の腕前、見事だったから。是非ご指南《しなん》願いたいのだけど」

「私が指南《しなん》なんぞ、恐れ多いです！」

慌てたように立ち上がった李蒙は、とんでもない！　と首を横に振るけれど、そうした反応が返ってくる事は、予想できていた。

小さく息を吐くと、臆する事なく、歴戦の将を睨め付ける。

「万が一にでも私に怪我させたらって思うなら、馬鹿にしないで頂戴！」

「っ、そんな事は！」

思っていないと、慌てて否定される。もちろん翠玉とて李蒙に侮られているなどとは思っていない。

「知っているでしょう？　私は命を狙われているの。自分の身を守るには鍛錬しかない。あなたの腕から吸収させてほしいの」

「っ……」

翠玉の身を案じてくれている彼ならば乗らないわけにはいかないだろう。

案の定、息を詰めた彼は、何かと葛藤《かっとう》するようにしばらくの沈黙の後に観念したらしく、「承知いたしました」と渋々、頷いた。

二人で馬に乗り、近くの空いている演習場の一角へ向かう。打ち合い始めれば、互いに息が上がるのにはそう時間はかからなかった。

李蒙の腕前は、やはり凄かった。

冬隼や泰誠とはまた違う重みと、長年第一線で培ってきた技術は流石の一言に尽きる。

久しぶりに。自分達兄弟を鍛えてくれた、今は亡き老将達を彷彿《ほうふつ》とさせられた。

「久しぶりに熟練者の重みを感じたわ」

互いに剣を納め、息を整える。

「お相手になれたのならばようございました。しかし女性ながらに素晴らしい腕前です」

感心したように言われ、翠玉は首を振る。

「まだまだよ。でも、ありがとう。あなたこそ、地方にいるのはもったいないと思うわ。なぜ戻ってこないの？」

演習場の端に腰を下ろし、李蒙を見上げる。その顔はとても困ったような笑みを浮かべていた。

「この目では禁軍を率いるのは難しいのです。前任者が部下にいては殿下もやり辛いでしょうし」

そんな事はあるわけないと、先程の打ち合いで翠玉は感じている。悔しい事に隻眼《せきがん》である彼から翠玉は一本も取る事ができなかったのだ。

そう思って口を開こうとするが、李蒙の左眼がそれを制した。

そして、その瞳が柔らかい色を浮かべる。

「それに、王都は昔から変わらない。ここにいると、昔を思い出すのです」

翠玉の、そのさらに遠く後ろにある何かを見るようなその様子にハッとする。

「母の事ですか？」

その問いに李蒙は頷き、そして「女々しいとお笑いください」と自嘲《じちょう》する。

「お母上との思い出がたくさんある王都にいると、多くの事を思い出すのです。禁軍を退いて隠居《いんきょ》となると、更に考える事が増えるでしょう。折りよく地方へのお役目を頂いたので、それに飛びつきました。地方の兵の強化は急務と私自身がずっと上申していた事でもありましたし」

「ここ数年で随分と州軍も強くなっていると聞いています。曽州が先頭に立って合同で錬成を行ったり、人員を入れ替えたりした結果だと、聞いています」

それを指揮していたのが李蒙だったのだと知ったのは最近の事だが、素晴らしい試みだと評価していた。

「そう評価頂けているのなら幸いな事です」

翠玉の言葉に、李蒙が頬を緩める。そして、翠玉と己の手に持つ剣を見比べる。

「昔、お母上と将来を語り合う事がありました。お母上が子供には武道をやらせたい、と言っていましたから、もしやとは思っていましたが。これほどまで、我が国に価値のある方をお育てになるとは驚きました」

「私など、まだまだです」

謙遜《けんそん》する。せめて、その言葉は彼から一本取ってから言われたかった。

「そんな事はございません」と李蒙は首を振る。

そして今度はしっかりと翠玉を見据えて、微笑んだ。

「お母上は、あなた様にとって素晴らしい母上であらせられたのですね」

「はい！　素晴らしい母でした」

力強く頷く。翠玉が母と過ごせた時間は短かった。しかし母が残してくれた物は、間違いなく今の翠玉を作り、ここまで生かしてくれた。

翠玉の肯定を聞いた李蒙は満足そうに頷く。

「なれば、少し気が晴れました。亡くなった報《しらせ》を受けてから、あの時彼女を連れて逃げていたらと思う事が幾度とありました。しかしそれをしなくて良かった」

そう言って、今度は翠玉の後方に視線を向ける。

「そうですよね、殿下？」

今までとは違う、悪戯気な表情に慌てて振り返ってみる。

「気づいていたか、なかなか来ないので捜したぞ」

翠玉の後方の低い塀の陰から、ばつの悪そうな顔をした冬隼が現れた。

「時間でしたか。申し訳ありません。でも盗み聞きは感心いたしませんなぁ」

冗談めかして李蒙が笑うと、冬隼もわざと参ったと両の手をあげる。

柳弦に並ぶ師であると、以前冬隼が言っていた事を思い出す。冬隼がどこか肩の力を抜いているように感じるのは、やはりそこに幼い頃から師弟《してい》の関係にあった独特の雰囲気があるからだろう。

「すまん、なかなか声をかけ辛くてな。最近翠玉がぼんやり何かを考えていたのは、そういう事だったのか」

　そう言って、ちらり視線を送られる。

　半分はそうであって半分は違うのだが、何がどう違うのかと聞かれても翠玉自身も説明できないため、これには曖昧《あいまい》に苦笑して誤魔化すしかなかった。

　そんな二人を見比べて、李蒙は小さく息をつくと、冬隼に向き直る。

「殿下、私は翠玉様を影ながらずっと見守ってまいりました。恐れ多くも父のような気分でもあります。くれぐれも大切になさいませ」

　冗談のような口ぶりではあるが、その瞳は真剣そのものである。

　決して軽口ではないという空気を感じる。

「心得た」

　受け答えた冬隼も、それを理解しているのだろう。神妙に頷くと、つかつかと翠玉のもとまでやってきて、翠玉の頭に手を乗せる。

「だが、俺だけでは、こいつはなかなか手に負えない。お前にも骨を折ってもらわねばならん」

　どういう意味だろうかと冬隼を見上げる。

「私に?」

　同じように李蒙も真意を測りかねているらしく、怪訝な表情で冬隼を見返している。

そうだと冬隼が頷き、翠玉に視線を落とした。その表情はどこか晴れやかにも見える。

「軍の再編成の大筋が出来上がったんだ。翠玉、お前を参謀《さんぼう》の任につける事にした。同時に兵一万を預ける」

「は？　一万も？」

唐突な事に意味が分からず、目を白黒させながら二人を見比べる。

その事自体は、もちろん李蒙も知っていたらしい。ただただ静かに頷き返されるだけであった。

「でも、私は裏方じゃ……」

「もちろんそうだ」

冬隼の肯定は、思いの外早かった。

変に期待をするなと言いたいのか。むくれて、睨めつけようとすると、視界の端で驚きの表情を見せる李蒙が目に入る。

何かが彼の見解から外れていたのだろうか。そう首を捻ると、冬隼が身体の向きを李蒙に向け、真剣な面持ちで彼を見る。

「李蒙、そなたを参謀《さんぼう》補佐につける。表向きは、そなたこそが参謀《さんぼう》として振る舞え。翠玉に預ける一万の兵は、禁軍時代のお前の部下を柳玄の指揮下に預けてあるゆえ、そこから好きに引き抜け」

　さらりと言うと、翠玉の頭を再度ポンと叩く。

　そういう事だから好き勝手できるわけではないぞと釘を刺された気分だ。

「そんな！　なりません！」

　初耳だったらしい、李蒙が抗議の声を上げる。

　しかし、冬隼が首を振ってそれを制す。

「受けてもらう」

　キッパリと言い切って、李蒙を見据えている。

「時には策のために別働部隊が必要だ。そうであれば参謀《さんぼう》付きの部隊の方が指示が通りやすく、小回りが効く。翠玉が策を練る上でも、戦のノウハウを持った李蒙がいれば相談役にもなれる。なによりも、我が軍は翠玉の存在をどうしても隠し通さねばならん」

　一息ついて、それに、と続ける。

「こいつを一人で自由にさせておくと、また突拍子もない事になりかねん。目をつけておいてほしい」

　どういう意味かと抗議しようと思ったが、実際に今までの事を思い出すと、ぐうの音も出ない。

それは李蒙も同じようで、声も出せずにいる。そこに冬隼が追い討ちのように口を開く。

「後任は、そなたの昔の部下の金成輔《きんせいほ》が、そろそろ歳で禁軍から州軍に配置換えを希望している。彼なら意思を継いでくれるだろう？」

呆然と見つめる李蒙に、どうだろうか？　と笑って見せる。

「成輔ならば、不足はありませんが、殿下もしや最初から……」

「お前達の間の因縁《いんねん》までは知らなかったがな、俺も李蒙が近くにいてくれた方が心強い」

そう笑いかけられ、李蒙は力が抜けたかのように肩を落とす。そして翠玉を見て、冬隼に視線を戻し、目を瞑りしばらく逡巡する。

次に瞳を開けた時には、そこにはしっかりと決意が浮かんでいた。

「私はずっと、昔の恋人を守れなかった事を悔いておりました。必ずや、命をとして奥方様にお仕えさせていただきます」

胸の前で拳を握り、礼を取る。

「頼むぞ。言っておくが、コイツはなかなか手強いからな」

冬隼は頷くと、ため息と共に翠玉の頭をくしゃりとする。

先程から言われっぱなしであるが、前科がある以上反論できないのが悔しいところだ。

だが……

「あの、私からひとつ」

これだけは言わねばと、李蒙に一歩近づく。

「母が皇后になってから、皇后宮の庭の一番目立つ場所に二本の木を並べて植えました。母は私の幸運の木と呼んでいましたが、一本は梨《なし》で、そしてもう一本は檸檬《れもん》の木でした」

李蒙がはっと顔を上げ、翠玉を見つめる。

なぜその組み合わせなのかと、子供心に不思議だったのだが。そんな些細な事は随分長い間忘れていた。二人の関係を聞いて不意に思い出し、合点がいった。

「病に伏せた時も、母はずっとその木を見ていました。亡くなるその日の昼も、今年は実がつくかしらと、眺めていました。梨《なし》は李とも書きます。檸檬《れもん》は……」

言いかけて、李蒙の手がそれを制するように挙げられる。

理解したらしい、その表情はどこか泣きそうだ。

「母にとってもあなたは死ぬまで大切な人だった。だからこそ、あなた自身の命も大切にして。私のためと、死に急ぐような事はしないで。そうなったら私が母に顔向けできないから」

そう告げると、李蒙の体が大きく揺らぐ。

「心得ました」

先程よりも更に深い礼をとったその肩は小さく震えていた。

◆

少し、頭を冷やしてから伺いますと、李蒙は馬に跨りその場を離れた。

翠玉と二人でそれを見送ると、一足先に本部へ向かおうと馬に跨る。

「随分と長い事知っているが、あんな李蒙は初めて見た」

幼い頃、冬隼の目に映っていた李蒙は、大きく、あまり動じる事のない、どっしりと構えた冷静沈着《れいせいちんちゃく》な男だった。

冬隼が彼と同じ背丈になった頃には、老成《ろうせい》して幾分か柔らかくなったものの、それでも、涙などを他人に見せるような男ではなかったのだが。今日の彼の姿には随分驚かされた。

そうねぇと、翠玉が息を吐く。

「これほどの時間が経っても、心を乱せるほどに、母を愛してくれていたのよね。それって、女としては幸せな事なのかもしれないわね」

思わず翠玉を見た。

そういえば彼女も、彼女の母同様に祖国に好きな男がいたはずだ。

結局は結ばれなかったというが、今でも忘れられないのだろうか。

先程の李蒙の姿を思い出す。そうであるなら、自分はその男には生涯勝てないかもしれない。

いや、彼女がここへ来たのだって政略結婚なのだ。勝とうなんて思うのが、おこがましいというものだ。そう自嘲《じちょう》する。

それに気づいた翠玉が、どうしたの？　と首を傾けるが、なんでもないと首を振る。

「さて、仕事に戻るぞ」

そう言って馬を歩かせる。

「そうね……ねぇ、冬隼」

同じように馬を歩かせた翠玉が、追いついて呼び止めてくる。

「今夜は遅くなる？」

見上げてきたその瞳は、何かを思い悩んでいるように揺れていた。

「どうしたんだ？」

「ちょっと、話したいことが……」

無理ならいいの、と言い出しそうな抑揚《よくよう》に、彼女の頭に手を乗せ、くしゃりとする。

「分かった」

なんの話なのだろうかと少々不安になりながらも、涼しい顔で頷いた。

頭の片隅には顔も知らない翠玉の祖国の恋人の影がちらついた。


結局、翠玉の「ちょっと話したい事」が何であるのかが気になったまま、落ち着かない気分でその日の仕事を片付けると、いつもより早めに支度を整えて寝屋に向かう。

それでも少し遅い刻限になってしまったが、いつも通り翠玉は地形図の上の碁石《ごいし》を睨んでいた。

「すまない。遅くなった」

冬隼の来室に気付いた翠玉が碁石《ごいし》から目を離し、「大丈夫よ」と微笑んだ。その脇には珍しく酒が用意されている。

「酒か……珍しいな」

このところ二人とも多忙で、なかなかゆっくりする時間もなく、酒を飲もうという気さえ起きなかったのだ。彼女がこうして酒を用意して待っているという事もまた珍しい。

「たまにはね」

冬隼の言葉に、翠玉が戯《おど》けたように肩をすくめ、杯を差し出してくる。そのまま受け取って、寝台に腰掛ける。

翠玉も、手にした碁石《ごいし》を箱に戻して身体をこちらに傾けた。

すぐにでも、本題に入るつもりらしい。

「話はなんだ？」

酒に口をつける。甘みととろみが口の中に広がる。いつもより少し強めの酒だ。

冬隼が一口飲むのを待って、翠玉が姿勢を正す。それほどかしこまる話なのだろうか……

「あのね、前に早いと言っていたけど、私にあなたの子を産ませてほしいの！」

あまりに突拍子もなく、予想すらしていなかった言葉が彼女の口から放たれて、思わずぶっと酒を吹きかけ慌てて飲み下すが、失敗して咳き込んだ。

強めな酒だけあって、喉が焼けるように熱い。

「大丈夫⁉」

驚いた翠玉が慌てて駆け寄り、背中を摩《さす》ってくれた。

「唐突に……どうした？」

呼吸を整え、すぐ脇に心配そうな面持ちで座る翠玉を見る。

「驚かせたならごめんなさい」

そう言って今度は茶の入った杯を差し出されるが、この先どんな驚きが待っているのか分からないため、飲む気にはなれなかった。とりあえず杯を受け取り、脇の棚に置く。

「とにかく、話を進めてくれ」

心配そうに見上げる翠玉に先を促す。少し迷ったような表情を見せながらも、小さく頷いた翠玉は、先程と同じように姿勢を正した。

「この前まだ早いって言っていたのは覚えているわ。たしかに、今は無理なのは私も分かっている。でも戦が終わったら、私は子を産みたいと思っているのだけど」

どうかなぁ？　と最後はやや勢いが落ちたのは、多分冬隼が表情ひとつ変えずにじっと翠玉を見つめていたからだろう。

当の冬隼は、その時頭の中で様々な考えを巡らせていた。

なぜこのような事を翠玉が突然言い出したのか……。翠玉の事だ、ここ最近であった何かが彼女に影響を与えて、突拍子もない発想に結びついたに違いない。

冷静に考える事ができるようになったあたり、彼女の破天荒な言動や行動に免疫《めんえき》がついている自分を自覚した。

「なんでまたそんな事を言い出したのか、順を追って話してくれ」

とにかく、彼女が何を感じて何を思ったのか、きちんと最後まで聞こうと説明を促す。

冬隼の言葉に翠玉は、背筋を正して、神妙な顔で頷いた。

「今回の李蒙の件で、母の事や昔の事を色々考えたの。私がいなくなったら、母が生きて繋いできたとにかくがここで終わるのかなってふと思って……それは嫌だなって思ったの」

「それで、子供か」

なんとなく彼女の思考の流れが読めてきた。

冬隼の問いに翠玉は真剣な表情で頷くと、見つめ返してきた。

ゆっくりと、詰めていた息を吐く。

「分かった。だが、お前の気持ちはどうなんだ？」

「私の？　だから今……」

見下ろした彼女の瞳は、混乱に揺れていた。どうやら冬隼の言わんとしてい事との本質は彼女には理解できていないのだろう。

結局は、そういう事なのだ……

目の前に座る華奢《きゃしゃ》な肩を掴んで、後ろの寝台に押し倒す。不意打ちだったせいなのか、その気がなかったからなのか、簡単に翠玉の身体は寝台に沈む。

驚いたような表情が冬隼を見上げていた。

それが、更に冬隼を苛立たせた。

「分かって言っているのか？　子をなすという事は、俺とこういう事をするという事だぞ？」

はだけた寝巻きから覗く太ももに、手を這わせる。

柔らかくて滑らかで温かい感触が、思いの外刺激的で、安易に触れてしまった事を瞬時に後悔した。

それと同時に、ビクッと翠玉の身体が跳ねた。

見下ろした翠玉の表情が、驚きから、恐怖と緊張に変わったのが分かる。

意識するまでもなく、手が止まった。これ以上は、だめだ……

苛立つ自分に言い聞かせ、止めた手を翠玉の髪に絡める。

「お前の母は、お前が自分と同じ状況で、役目のため、誰かのためと子を産んでそれで喜ぶのか？」

無造作に顔にかかった髪を払ってやる。相変わらず、混乱したような、少し怯えた視線がこちらを見上げてくる。

これ以上そんな目で見るな……

みじめになる気持ちと自己嫌悪で、彼女の視線から逃れるように立ち上がる。

「明日も早い。今日は別で寝る」

それだけ言い捨てて足早に室を後にした。

勢いで自室へ戻ると、そのまま部屋の片隅に置かれた寝台に転がる。ここで寝るのは、久しぶりだ。

「クソッ！」

自己嫌悪でいっぱいだった。自分は何を彼女に期待しているのだろう。

翠玉が、冬隼とだから子を成したいというわけではない事くらい、分かってはいた。

翠玉にとって冬隼は、決められた人生の中で、夫という位置には嵌められた型なのだ。

子を成したいのであれば、冬隼の子供でなければならない。たとえ冬隼に対して恋愛感情がなくとも、それがこの身分で産まれ育った者の宿命だ。

そしてその考えは間違ってはいない。少し前まで、それは当たり前の事だと冬隼自身も思っていた。しかしなぜだろうか、今はそれを受け入れたくない己がいる。

深く息をつく。

政略結婚をする事はずっと覚悟して育ってきた。

いざ翠玉を娶《めと》るとなった時も、今まで複数の縁談から逃げてきたが、とうとう逃げきれなかったかと思った程度だ。実際、娶《めと》ってしばらくは翠玉の素性以外には関心もなかったくらいだ。

それなのに、こうして彼女に惹かれてしまったら、その心全てが欲しいと思う自分がいる。

ここまで、自分は欲張りだったのか……

今まで若気の至りで時を共にしてきた女達もいた。遥か昔の長く忘れられなかった初恋もあった。しかし、これほどまでに相手の全てが欲しいと執着した事はなかったように思う。

相手は妻である。本来であれば自分のものであって、他の男に横取りされる事もない、生涯自分の隣にいる無二の存在だ。それで満足していいはずなのだ。

「欲張りすぎだな」

嘲笑《ちょうしょう》は、天蓋《てんがい》に響いて吸い込まれるように消えた。

◆

冬隼が退室した扉を見つめながら、翠玉は首を傾ける。

一体自分は、何を間違えたのだろうか……

「怒ってた、よね？」

誰がいるわけでもなく質問を投げかけてみる。無論、返答はどこからもない。

「お前の気持ちはどうなんだ？」

先程冬隼に投げかけられた疑問を反芻《はんすう》する。

「私の、気持ち？」

翠玉は、冬隼の子を産みたいのだ。それが素直な気持ちだ。

正直、これまで子を設ける事に関しては、どこか翠玉の中では他人事のように感じていた。

今回李蒙に出会って、思いがけず母の過去に触れ、深く考える機会を得た。

優しくて、温かくて、それなのに怒らせると怖い、大好きだった母。

そんな彼女にも、国のために恋人と別れ、異国に嫁《とつ》いだ過去があった。自分の知らない母の軌跡《きせき》を知った時、もう母の生きていた証を残せる者は自分しかいない事に気づいたのだ。

だから、子を産みたいと思った。

丁度良く冬隼の方の事情も、いずれは子を持つ事が望まれる流れになってきたから良いだろうと考えたのは、安直だったのだろうか……。

それとも、やはり冬隼自身は子を望んでいないのだろうか。

よく、分からない……。

「寝よ」

考えても、なんだか堂々巡りな気がするので諦め、寝台にゴロリと寝転がる。手を広げて、ふと横を見れば、いつもの寝台がとてつもなく広く感じた。

はだけた寝巻を整えながら、ふと、膝に先程の冬隼の手の感触を思い出す。

唐突な事だったので、驚いたのが正直なところだ。

表情や言葉に冬隼の怒りを感じたが、その触れ方はドキッとするほど官能的で、それなのに壊れ物を触るように丁寧だった。

新婚初夜のあの夜とは、何かが違う気がした。ただし、それがどういうもので、何が違うのかは上手く説明がつかない。

ただ、このまま行為に及ぶのかと、ふと頭の片隅に考えが至った時、思いの他身体が反応して、以前の痛みを思い出した。そう考えるとまだ覚悟ができていなかったのかもしれないのだが、それを冬隼に拒絶と感じさせてしまったのだろうか。

もしかしたら、勘違いをさせてしまったのかもしれない。

「うぅ、難しいわ～」

頭を抱える。こういう時、普通の娘ならどう反応するのだろうか。

悲しいかな、今までその必要性を感じた事がないため、参考になる情報は皆無だ。

自分の知見の偏りに落胆するしかない。

だって……必要になるなんて思ってもみなかったし……

もともと、嫁に出される事があるなどと、思ってもなかったのだ。

蘇家があえて翠玉を指名しなければ、きっと今でも翠玉は、祖国の後宮の片隅に忘れられたように転がされていたにちがいない。

きっと、こんな事で悩む事など生涯なかった。

「あ～、嫌な事を思い出したわ。寝よ寝よ」

過去の嫌な事ばかりが思い出されてきて、気分が悪くなってきた。これ以上考えたくなくて、布団を頭をまで被り丸くなる。

こんな時に隣に誰もいないのが、なぜかとても心細く感じた。

◇

それから数日、通常通り慌ただしい生活が続いた。

しかしいつもと少し違うのは、冬隼が寝室に来る日が少なくなった事だ。

来たとしても、夜遅く。翠玉が寝てしまってからの事が多く、朝方にふと目が覚めると、隣に冬隼がいて「あ、今夜は来たのだな～」と思ってまた眠りにつく。

しかし、次に翠玉が目覚めると、もう冬隼の姿はない。

避けられているのかと勘繰る出来事はあるものの、昼間はいつもと変わらない冬隼なのだ。

前回のアレが効いているのは確実なのだが、次に打つべき手が分からず、忙しさにかまけて有耶無耶《うやむや》になったまま、日々は過ぎていった。

「兄様と喧嘩でもなさったのですか？」

爛皇子の稽古が早めの切り上げとなり、たまたま自邸で一人で鍛錬をしていると、鈴明がひょこりと顔を出した。

側から見ていて、それほどまで自分達は分かりやすい雰囲気を出しているのかと、ギクリとした。

そのままを鈴明に聞くと、彼女は困ったように首をすくめる。

そうして少し言いづらそうに表情を曇らせる。

「お気を悪くなさらないで頂きたいのですが……」

そう前置きする。

「桜季が、最近兄様がお義姉様のお部屋にあまり通われなくなってしまったと嘆いていたので。そろそろ側室も考えるべきなのかどうなのかと、相談されたのです」

もちろん、それは時期尚早であろうと窘めておきました！　と少し怒ったように鈴明は言う。

なるほど……と妙に納得する。同時に、なぜか胸が締まるような気分になった。

「確かに、こうなった今、それもありかもしれないわね……」

ポツリと呟く。

以前と比較して、冬隼も子を持つ事に利点を見出し始めたと思うのだ。そうであるならば、早い方がいいに決まっている。翠玉にその役目が担えないならば、他の者に任せるしかない。

だが、冬隼が他の人を……そう考えると、喉の奥が張り付いて、次の言葉が出なかった。

「何を仰っているのです！」

そしてそんな翠玉の言動に、敏感に反応したのは鈴明だった。

先程桜季に怒っているよりも、数段怒っているようだ。可愛らしい顔で、睨め付けられる。冬隼と似た顔でも、怒った顔はやはり可愛らしいの範疇《はんちゅう》だ。

思わず自嘲《じちょう》する。

「どうしたらいいのやら、よく分からないのです。怒らせてしまったし」

いまだ冬隼が何に怒っているのか、よく分からないのだ。

謝るにも謝れず、言い返すにも言い返せない。だから翠玉から歩み寄る事ができないでいる。

そうため息をつくと、鈴明が首を傾ける。

「え？　兄様が怒ってらっしゃるのですか？　私には、落ち込んでいるようにしか見えないのですが……」

意外な見解だった。

「落ち込む？」

どう考えても、あの夜彼は怒っていたと思うのだが……

翠玉の言葉に、鈴明が頷く。

「塞ぎ込んでいるように見えますわ。お義姉様に接するときには、なんだか緊張しているようにも見えますけど……」

そう言って、彼女はやれやれというように息を吐く。

「お義姉様も、なんだか気まずそうにしてらっしゃるし、お二人とも分かりやすすぎです。あまりに分かりやすい上に、兄様が不安定になっているから、あの泰誠さえも触れるべきか迷っていると言っていましたわ」

あの、なんでもズケズケ聞き出す泰誠が珍しく遠慮する程とは、相当なのだろう。

知らぬ間に自分達は周りになかなか心配をかけていたのだと、不甲斐ない気持ちになる。

「私もよく分からなくて、数日考えていますが答えが出ないのです」

困ったように言うと、鈴明がずいっと近づいてくる。

「なれば第三者の意見を聞いてみませんか？　私、今から少し時間がございますの。お茶でもいかが？」

有無を言わせない誘いだが、突破口の見えない翠玉にとってはありがたい申し出であった。そのまま鈴明に引きずられるように彼女の部屋に招かれた。

「はぁ〜、やってられない！　そんな事でお二人揃ってギクシャクなさっていましたの⁉」

一連の内容を聞いた鈴明が声を上げる。信じられない！　と言うようにため息を吐く彼女に、翠玉は、申し訳なさで縮こまるしかない。

「そんな事が、申し訳ないことに、私には分からないの」

むしろ、この話を聞いただけで鈴明が何かを理解した事に驚いているくらいだ。

「信じられません、あの兄様が⁉　一緒に寝ているのに⁉　……でも、そういう事なのね。もう！　肝心なところで情けないんだから‼」

鈴明はしばらく何やらブツブツと言って、何かを振り切るように顔を上げる。

「失礼ですが、お義姉様。今まで恋愛のご経験は？」

唐突な質問に、ぽかんと間抜けな顔をしていたに違いない。

「男性をお慕いした事はございませんの⁉」

「な、ないわ」

苛立ったような、鈴明の勢いに圧倒されるように慌てて返答する。自分より若い娘にこんな事を聞かれて答えているのが、なんだかとても情けない。

「なるほど……」

しかし妙に納得され、ぐさりと胸に何かが刺さったような気がする。

「私に女としての魅力がないのは分かっているわ。だからこそ冬隼に、子を作る気が起きないのかもとも思ったりもしているのだけど」

これ以上傷口を広げたくなくて、弁明《べんめい》してみるも、鈴明は更にため息をついた上、額に手を当てた。

「これは……兄様が少し不憫《ふびん》ですわ」

そう言って首を振られる。そして、「どこから説明しましょうか～」と唸り出す。なんだか分からないが、鈴明の様子を見るに、やはり今回は自分に非があるような気がしてきた。

とにかく、鈴明がまたブツブツ言い出したので、終わるまで縮こまって待つしかできなかった。

「お義姉様は、ただお子を産みたいのか、兄様のお子を産みたいのかどちらです？」

ようやく出てきた鈴明の言葉に、どちらも同じではないのかと首を傾げる。

「兄様が仰っているのはそこなのです」

そう言って、鈴明はビシッと持っていた扇子《せんす》を翠玉に向ける。

少し年季の入った美しい花の刺繍《ししゅう》と装飾が施されたその扇子《せんす》は、いつも鈴明が大切そうに持ち歩いているものだ。

「お言葉は悪いですが、兄様は、翠玉様のお母上のように好きでもない男に抱かれてお子をなすような事を、お義姉様にはして欲しくないのではないでしょうか？」

好きでもない男……

そういえば、と。冬隼の言葉が蘇る。

『お前の母は、お前が自分と同じ状況で、役目のため、誰かのためと子を産んでそれで喜ぶのか？』

それで……あの言葉か……

この身分で、こうして政略的に嫁《とつ》いだ以上、子を産む必要があれば、当たり前のように産まねばならぬと考えていた。夫の事を好きであろうが、なかろうが、そんな事は関係ないと。

しかし彼は、翠玉の気持ちを聞いてくれていたのだ。

あれは冬隼の優しさだったのだ。

ようやく、なぜ冬隼が怒っていたのかが理解できた気がした。

翠玉がなんとなく理解したと感じとったのか、鈴明が「ここからが大事です！」と切り出す。

「変な事を聞きますが。泰誠と子をなせと言われたら、お義姉様は分かりましたと泰誠に抱かれますか？」

突拍子もない言葉に翠玉は飛び上がる。

「泰誠と⁉　いやいやないない！」

慌てて手を振る。泰誠をそんな対象として今まで一度も見た事がないため、有り得ない話過ぎてしっくりこない。

「泰誠以外でも……例えば他の将の方々とも？」

頭の中で、数名の禁軍の将達の顔が浮かぶが。

「考えられないわ！」

「ならば安心です」

その言葉を聞いて、鈴明がほっとしたように息をつく。同時に「今の話は深くお考えにならず、忘れてくださいね」と手を振って言われる。

そして、座り直すと真剣な顔で翠玉に詰め寄る。

「お義姉様は、兄様のことを愛していらっしゃいますか？」

「あ、愛？」

唐突な言葉に思わず目を見開く。今までの話から、愛に結びつくという事がどういう事なのか、流石に鈍い翠玉でも理解してきた。

しかし、鈴明は追及の手を緩める気はないらしい。

「そうです!」と神妙に頷き、翠玉を見据えている。

「例えば、そばにいたい、誰にも渡したくない、他の女性との関係が気になる、冷たくされるのが悲しい、一緒にいると安心する、触れたい。そう思う事はありませんか?」

そう言われて、はて、そんな事あっただろうかと逡巡する。

ない、事も……ない。恐らく答えが顔に出ていたのだろう。翠玉を見つめていた鈴明がにこりと可憐《かれん》に微笑んだ。

「それが、人を愛するという事です。ゆっくりお考えになってみて下さいな?」

無月の世話をしながら、鈴明とのやり取りをぼんやりと考える。

たしかに冬隼と一緒にいると落ち着く。

ここ数日床を共にしないだけでも、なんだかぽっかり穴が空いたような喪失感がある気もする。

今までに恋人がいたという話を聞くのは面白くないし、卑屈《ひくつ》になる。泉妃が初恋だったと聞いた時も心が揺れた気がする。

「私、好きだったのねぇ」

ぼんやりと呟く。

すると、大人しく世話をされていた無月が、ぶるると鼻を鳴らして鼻先を擦り付けてきた。

どうやら「好き」という言葉が自分に向いていない事を察して、ヤキモチをやいているらしい。

「ふふ、ごめんごめん、あんたも大好きよ」

そう言って無月の鼻梁《びりょう》に頬を寄せる。

ふと冬隼が、他の女性が好きなのだと言ったらと想像する。

それは、嫌だ。思いの外、イラッとした。

そんな自分の心を感じとり、思わず笑みがこぼれた。

◆

「ちょっと話があるから、今夜時間をとってくれない？」

ここ最近、業務的な会話しかなかった翠玉から、急に夫婦の話を振られ、冬隼の心臓は跳ね上がる。

　この、ちょっとある話が、今までに冬隼の予測する方向に向いた事はない。今度はなんだろうか。恐ろしさと、なんらかの変化が起きるのではという期待と不安で鼓動が速くなるのを感じた。

「わかった」

　短く返事を返すと、彼女はスタスタと自分の仕事へ戻っていった。その淡々とした様子がさらに恐ろしさに拍車をかけ、冬隼を落ち着かない気持ちにさせた。


夜半《やはん》、約束通り寝室にいくと、以前と同様に酒が用意されていた。

いつか見た時と同じような光景で、嫌な予感がした。

酒を片手に長椅子に身体を預ける翠玉がこちらを振り返った。

「早かったのね」

「お前が寝る前にと思ってな」

近づいて、向かいの寝台に腰掛ける。

「いつも寝た頃を狙って来ていたくせに？」

クスクスと笑いながら、悪戯な笑みで翠玉は酒の入った杯を差し出してくる。

バレてはいるだろうと思ってはいたので、曖昧《あいまい》に笑って流す。

酒を受け取ると一口、口に含む。

喉越しが熱い。どうやら前回よりも更に強めの酒を用意したらしい。

「それで、話とはなんだ？」

今度は何が飛び出すのか、どんな拒絶の言葉も、突拍子のない言葉も聞く覚悟は決まっていた。

冬隼の言葉に翠玉が意を決したように頷くと、酒を卓に置いて立ち上がる。

どこへ行くのだろうと、目で追うと、翠玉はゆっくりとこちらに近づいてきて、ついに冬隼の膝の間に立った。見上げた翠玉の表情は硬い。

「どう」

した？　と聞く前に、不意に顔を掴まれる。

一瞬だった。

ハラリと翠玉の髪が頬を撫でて落ちてきたと思ったら。唇に柔らかい感触がして、すぐさま離れた。

ほのかに酒の香りが鼻をかすめた。

いったい、何が起こったのだろうか……

翠玉が、自分に口付けをした？

あっけに取られ、ぽかんと目の前に立つ翠玉を見上げる。

先程、神妙な顔で見下ろしていた翠玉が、今度は恥ずかしそうな表情でこちらを見下ろしていた。

「どうした、突然」

信じられない思いで問いかけると、すぐさま避けるようにふいっとそっぽを向かれる。

「ちょっとまって！　思った以上にこれは恥ずかしいわ」

そう言って逃げようと、身を翻《ひるがえ》し逃げていこうとする彼女の手を咄嗟につかむ。

逃がしてなるものか！

冬隼に手を引かれ、動きを止めた翠玉は、顔を背けたまま息を詰めている。表情は見えないが、艶《つや》やかに手入れされた髪の間からのぞく耳が赤い。

なんだ……可愛いな。つい、笑みが溢れた。

そのまま慎重に掴んだ手を引き寄せる。翠玉は観念したのか抵抗する事なく、誘われるまま、ストンと冬隼の膝の間に座った。

手を回し、腹の上でゆるく後ろ抱きにする。ここまですれば逃げられる事はないだろう。

「これなら顔は見えないから、落ち着いて話せ」

翠玉の頭頂に顎を置く。

これで彼女は動けないはずだ。そう思ったのだが、予想外の方向に翠玉は動いた。

くるりと振り向いて、こちらを見上げて睨み付けてくる。

顔も赤い。酔っているのかもしれない。

「なんでそんなに余裕なのよ！」

声はなぜか怒気を含んでいる。

「いや、驚いているぞ、十分……」

日中に話があると告げられた時から、平静でなどいられなかった。

今だって、彼女の突然の口づけに実のところ狼狽えてもいる。それなのに、なぜ怒られる事になっているのか理解できず首を傾げる。

しかし、それがまた翠玉の神経を逆撫でしたらしい。

「もういや！　なんでそんなに女慣れしてるのよ！」

そう叫んで立ち上がろうとするのを、慌てて抱き込んで止める。

「急になんだ⁉　人聞き悪い！　慣れているわけではないぞ！」

「慣れてるわよ！　は～な～し～てぇ～」

腕の中でジタバタ暴れ出す華奢《きゃしゃ》な身体を壊さないように、しかし確実に拘束していく。

いったいなんなのだ！

訳が分からないが、とにかく今逃してしまうと今後更に面倒な事になりそうなのは確実で……

そうこうしているうちに、離してなるものか、捕まってなるものかと互いにムキになり出して、関節の取り合いが始まったのは言うまでもない。

「唐突に何を怒り出したんだ！　話ってなんだ！」

モゾモゾと逃れようとする翠玉の手首を掴む。

「やっぱりなんでもない！」

その手を振り払うように翠玉が強く両手を振る。

「は？　人を呼びつけておいてなんなんだよ！」

「気分じゃなくなったわ！」

「言っている事が支離滅裂《しりめつれつ》だぞ！　というか、お前酔ってるな！　だいぶ酒臭いぞ!!」

「う～る～さ～い!!」

翠玉の叫び声と共に、掴んでいた手首を払われる。

同時に、冬隼の中でも何かがブチっとキレた。

逃げようと腰を浮かせた翠玉を片手で引き戻し、もう片方の手で翠玉の顎を掴むと、強引に口付ける。咄嗟の事に、冬隼の腕の中で翠玉が動きを止めたのが分かった。

しばらく、そのまま口付けて、翠玉の手から力が抜けたのを確認して唇を離した。

「とりあえず、落ち着け」

深くため息を吐く。そうして翠玉の顔を見ると。

「ずるい……」

涙目で見上げられている。頭の中がグラリと揺れる。

これは、本当に反則だ。おもわず胸にその小さな身体を抱き込む。

「悪かった！」

何に謝っているのかよく分からないながら、とりあえず謝罪が口に出た。こんなに自分が情けない事をするなど思ってもみなかった。これが惚れた弱みなのだろう。

しかし、冷静に抱きしめた今、明確に分かる。

これは、相当飲んでいる。体温が高い上、暴れたせいか酒の匂いが強くなっている。

ゆっくり離してやると、翠玉のまだ潤んだままの瞳がこちらを見上げてくる。

「私のこと、避けてた」

「避けてなど……」

いないと言いかけて、口を噤む。

「いたな……すまん。強引な事をして怖がらせたから、気まずかった」

素直に認めると、ぽすっと胸に翠玉が頭を預けてきた。どうやら逃げるのはやめたらしい。

「そんな事、よかったのよ。避けられる方が辛いわ」

少し呂律が回らない口調でそう言いながら、グリグリと胸の中で頭を振られる。まるで子供のような仕草だが、酔っているのだから仕方がない。

「そうだな、ごめん」

背をゆったりと撫でてやりながら、また謝罪する。今度は意味のある謝罪だ。

「誰……もい……ん、のよ」

「ん？」

胸に顔を埋めているせいか、翠玉の言葉はくぐもって聞き取りづらかった。

慌てて彼女の顔に耳を寄せる。

「冬隼から……のよ」

消え入るような声で言われた言葉は、結局明確には聞こえなかった。

そうして次に聞こえてきたのは。寝息だった。

「っ……はぁ〜〜」

腹の底からため息が出た。なんなんだ、これはいったい。

がくりと肩を落としながら、しかし落とさないように、ゆっくりと翠玉の身体を寝台に寝かせる。

気持ちよさそうな寝息を立てた彼女は、寝台に横たえると、いつものごとく身体を丸めて小さくなった。このまま、朝まで眠ってしまうだろう。

翠玉が飲んでいた杯に手を伸ばし、残っていた酒を呷る。自分のものは、先程の格闘のどさくさで床に落ちて敷物に染みを作っている。

酒を飲みながら、すうすうと隣で寝息を立てている翠玉を眺める。

酒には強いはずの彼女が潰れるほど飲むとは、何か相当な用事だったと思うのだが……。結局、何が今日の話の主題だったのか分からず仕舞いだった。

とにかく、短時間で色々あった。

なんだかどっと疲れた気もするが、とりあえず頭の中を整理したかった。

まさか、翠玉から口付けされるとは思ってもみなかった。

確実に酔った勢いなのだろうが、翠玉にとって、口付ける相手として冬隼は嫌な相手ではないという事なのだろうか。

子を作りたいというくらいなのだから、当然なのかもしれないが……

しかし、その後翠玉は怒っていた。冬隼が余裕な事、女慣れしていた事、ここ数日、仕事以外の話をせずに寝室にこなかった事。

これはヤキモチ……なのだろうか？

眠っている翠玉をじっと見つめる。こちらの気も知らないで、スヤスヤと気持ち良さそうだ。

再度ため息をついて頭を抱える。いや、そうであれば、願ってもいない事なのだが。

まてまて、いささか都合が良すぎはしないか？

ブンブンと首を振る。

最後の言葉がなんだったのか、それが聞けていたら何か違ったかもしれないのだが。

もう一度酒を注いで呷る。

結局、今日も生殺《なまごろ》しの気分だ。

◆

翌朝、わずかな衣擦れの音と頭の痛みで目が覚めた。

ぼんやりと目を開けて顔を上げると……

「起こしたか」

冬隼が床を出るところだった。

朦朧《もうろう》とした意識の中で朝なのだと理解した。

「昨夜の事を覚えているか？　随分飲んでいたが気分はどうだ」

顔色が悪いのか、心配そうに冬隼が顔を覗き込んできた。

「うーん、あんまりよく覚えてない……ん～、頭痛い～」

まだ思考がきちんと回らず、呻きながら枕に伏せる。二日酔い特有の、なんともいえない頭痛だ。

「しょうのないやつだな、陽香に声をかけておくぞ！」

「うーん、お願い」

あきれた様子で出ていく冬隼に、呻くように返事をする。

頭がガンガンする。しかし少しずつ色々が鮮明になってきた。

昨日、冬隼を待つ間に色々考えすぎて杯が進み、そういえば、冬隼と話したような……

だんだんと色々な事を思い出してきた。

どう話を切り出すべきか分からなくて……そうしたらその内なぜか開き直ってしまって、どういうわけか「言葉より行動よ！」なんて考えたのだ。

私、自分から冬隼に口付けた⁉　しかもその後、急に恥ずかしくなってきて、なぜか逆切れした挙句、駄々っ子のような振る舞いで、冬隼を呆れさせた。

しかも最後に。

「冬隼だから、いいのよ！」

そう、言ってしまっていた。最低だ、酔った勢いで、しかも朦朧《もうろう》としながら。

布団の中で頭を抱える。冬隼はそれになんて答えた？

いや、だめだ！　全然思い出せない‼

変な汗をかいていると、陽香が入室してくる。

「まぁ！　なんて酒くさいお部屋！　お二人でこんなにもお飲みになったですか⁉」

昨夜用意した酒がすっかりなくなっている事に驚きながら、手早く室内の窓を開けていく。

さわやかな風が入ってくるが、翠玉の気分は少しもすっきりしない。

「二人で？　私は三本だけよ？　残りも飲んであるの？」

うめくように問えば、卓上を片付け始めた陽香が再び呆れたように息を吐いた。

「いつもよりも多めにとの事で、五本出しておいたのですが、全て空になっております！　お二人ともお珍しいですね」

「そうね、ちょっと飲みすぎたわ。あー気持ち悪い！　陽香、久しぶりにアレをお願い！」

頭を抱えながら、甘えるように乞う。二日酔いの時に効く陽香特製の飲み物があるのだ。

「そう言われると思って、今作らせています！　少しお待ちくださいませ」

「ありがとう。流石、陽香！」

優秀な側仕えの言葉に安堵して、また布団に伏した。

◆

冬隼が身支度を終えて回廊を歩いていると、折よく今から会いに行こうとしていた人物と遭遇する。鈴明だ。彼女は今日、帝都を発つ予定だ。朝から禁軍の訓練に参加する冬隼と顔を合わせるのは、この朝の時間しかなかった。

「準備は整っているか？」

「はい！　今ご挨拶に伺おうと思っておりました。長らくお世話になりました。冬兄様」

冬隼の言葉に鈴明はころころと笑いながら、おどけて礼を取る。

幼い頃から自分と似ているとよく言われていた異母妹。嫁《とつ》いでしまった今、次彼女に会えるのはいつか分からない。

彼女の立場上、何か不測の事態がない限り、そう遠くない頃合いで機会はやってくるのだろうが、それでも、やはり別れは名残惜しい。

手を伸ばすと、鈴明も心得て首に飛びついてきた。

軽い抱擁《ほうよう》を交わしながら、お互いの息災を祈る。

「見送りはできないが、道中気をつけろ。翠玉が見送りに出てくるはずだ」

あの様子で大丈夫なのか少々不安はあるのだが……

「ありがとうございます。ねぇ兄様？」

腕の中で、鈴明がくすくす笑うのが分かった。

「どうした？」

「一つ助言しておきますわね。時には男らしく、遠慮せず押してみなさいな」

秘め事を話すように言われ、思わず動きを止める。

「なん、の話だ？」

思わず返しが一拍遅れた。しまったと思ったが、すでに遅かった。

トンと冬隼の胸を突き放すように、鈴明の身体が離れる。

「あら、とぼけるの？　お義姉様よ！　ごちゃごちゃ考えない方が良い時もありますよ？」

最後にはふふふと笑いながら見上げられる。

予想していなかった助言に、すぐに反論する言葉が見つからなかった。

そんな自分を見て、鈴明は満足気に微笑み、「では！」と言って向きを変えると、軽い足取りで今来た回廊を戻っていく。

その姿を冬隼は唖然と見送るしかなかった。年の離れた妹からの助言に、頭の整理がつかない。

「どういうことだ……」

結局、鈴明の姿が回廊の先を曲がって見えなくなるまで、情けなく立ち尽くす事しかできなかった。

鈴明は無事に帝都を発った。

仕事を終えて帰宅した自邸はいつも通りの様子ではあったが、少しばかり寂しくも感じた。

湯あみを済ませ自室に戻り、少し仕事を片付けるが、どうしてもこの後寝室に向かう事を考えると、集中する事はできなかった。

朝以降、翠玉と顔を合わせるのはこれが初めてである。

鈴明にあんな事を言われて、背を押された後なだけに、余計にどんな顔をして会ったらよいか分からなかった。

どうしようかと気を揉んでいると、部屋の外に烈の気配を感じる。李周英の調査のために碧相国に行かせていたのだが、戻ったという事は、そういう事だろう。

「丁度今から翠玉のところに行くところだ。一緒に報告を聞こう」

どこへともなく声をかけて自室を出ると、扉の脇にきちんと膝をついている烈がいる。

視線も合わせず連れ立って寝室に向かう。

入室すると、その気配を察していたのか、翠玉も二人を待つように座っていた。

「体調はどうだ？」

「昼頃から随分楽になったわ。烈、おかえりなさい」

冬隼の後について入ってきた烈を見とめて、労うように彼女は微笑む。

「報告を聞こうか」

そのままいつも通り、翠玉の座る椅子の対面となる寝台に腰掛ける。

「はい」と短く返事をして烈は淡々と話し始める。

「李周英ですが、一体何者なのかはよく分かりません。年齢は三十歳前後、妻が一人と子が二人います。十八、十九の頃に軍に入り、その内めきめきと伸びてきた生え抜きのようです。腕も立つし頭もきれると評価は高いようですね。そのせいか碧相王の信も厚く、ここ数年は西の国境の守備を任されているようです」

碧相国は横に長い領土をもつ国だ。

そして、王都は領土の東側に位置している。

ゆえに西側はどうしても王都の目が届きにくく、有事の際にも情報伝達までに数日かかる。そこを任されている事から、王からの信が厚い事、判断力、即応力がある事が分かる。

「碧相王の信か……」

そういえば岳園も、部下であるはずの彼を周殿と呼び丁寧に扱っていた。それを思うと、彼は碧相軍の中でも特別な存在なのかもしれない。

「年に一、二度ほど王都に呼ばれては、碧相王の直々の謁見《えっけん》があり、王の周りの臣下達も彼には一目置いているようです」

報告は以上です。と烈が口をつぐむ。

「お前にしては、情報が少ないな」

烈の情報収集能力は一流だ。いつもであれば、要らぬ情報まで仕入れてくるほどなのに……

「予想以上に護りが固かったですね。あんなに入り込めないのも久しぶりでした。おそらく、まだ李周英には何か秘密があるでしょうね」

あまり踏み込むのも危険と判断し、引いてきたらしい。敵ではなくて友軍となる相手だ、下手に深追いして、関係が悪くなっても困る。

「ますます謎が多いな。翠玉、お前なんか心当たりないのか？」

冬隼の言葉に、即座に翠玉がブンブンと首を振る。

「碧相と清劉は隣国だけど、国交がないから。しかも紫瑞に次ぐ国土の広さよね？

清劉から一番遠い西の守備についている将の情報なんて、一介の皇女には入ってこないわよ」

「まぁそうだろうな。国交があるわが国でもその名は初耳だったからな」

聞いてみただけだと苦笑する。

「ご苦労だったな、烈」

戸口に立つ烈に、もう良いぞと手を振る。

「あ、もう一つ。顔のことですが。国内であれば素顔でいるらしいです。実際に確認しましたが、虎に傷つけられたような大きな痕はありませんでした」

最後に付け足すように言った言葉に、冬隼が眉を寄せる。

この前顔を合わせてからそう長くは経っていない。虎につけられたような傷が、こんなに早く跡形もなく治るなどあり得ない。

「なるほど、顔を隠していたのも何か意図あっての事かもしれないな……しかしあちらは、よくそんな男を我が国に見せる気になったな」

隠し球であれば、いくら同盟国相手でもあまり出したくはないだろうに。真意が見えてこないところもまた不可解である。

翠玉と二人で顔を見合わせて、首をひねる。

「紫瑞の出方がわからない今、万全を期したのかしらね？」

「たしかにそうかもしれないな」

神妙に二人で考え込む。

「それでは私は失礼いたしますね」

二人を見比べて、これで役目は終わったとばかりに簡単に礼を取ると、烈は室を出て行こうとする。

「ご苦労だったな」

追いかけるように冬隼が再度声をかけるが、すでに烈の気配は消えていた。

◆

「ねぇ、烈って何者なの？」

烈の気配がないことを再度確認し、それでも小さな声で冬隼に問う。

影の者と冬隼も泰誠も呼んでいるので、翠玉の知っている言葉で表すに、刺客《しかく》や間者と言われるような者なのだろうと勝手に理解しているのだが、改めてきちんと聞くのは初めてだった。

「あぁ、そうだな」

冬隼もその思いに至ったらしい。足を組み、こちらに身体を乗り出す。

「もともと、母の実家の守りとして代々伝わる影の一族の者らしい。先の主人であった母が亡くなってからは、俺を主人としている。あいつの下に何人か部下がいるらしいが、一族については多くを知らない」

そう言って、なにかを思案するように宙を睨む。

「代々主人の子供の中から、彼等の占いによって次の主人を決めているらしい。母の時には、母の兄弟の中から母が、そして我々兄弟の中では俺が選ばれた。なぜ選ばれたのかは俺にも分からん」

子供の頃の話だったしなと呟く。どうやら冬隼自身も、よく分かっていない事が多いようだ。

「へぇ～、面白いわね」

皇帝になる可能性の高い長兄でもなく冬隼が選ばれたという事実。彼らの頓着《とんちゃく》するところは、普通の感覚と違うところにあるのかもしれない。

「とにかく、詳しい事や、奴らの正体については聞いてやるな。それを知った主人も、言った本人もろくな死に方をしないらしい」

「どういうこと？」

意味を図りかねて問い返すが、対する冬隼も首を傾けて、肩を竦める。

「実際はどうなのか知らんがな。母からも、烈からも同じ事を大真面目に言われたから、きっとそれなりに意味はあるのだろうと思っている」

なんともざっくりした話である。普段から用心深い冬隼が、その程度の説明しかつかない者をそばに置いているのが、意外だった。

「俺としては色々下調べをしたり、情報を得る上でありがたい存在だと思う事にしているさ。給金も払っているしな」

「たしかに禁軍ならば、情報を仕入れておきたい事は山ほどあるものね」

考えてみれば、皇帝よりも諜報《ちょうほう》が必要な立場であるかもしれない。

「まぁ、ここ最近の主人の中では俺が一番こき使っていると、烈にはボヤかれるがな」

「確かにそうかもね！」

思わず笑いが込み上げた。翠玉が輿入《こしい》れしてからの期間だけでも、烈に役目が付いていない事はないように思う。

「ちなみに、俺の許可があれば妻であるお前にも命令権はあるようだ。何かあった時には頼れよ」

「それはありがたいわね」

命令権なんてものがあるほど、体系的なのかと感心しつつも、それを何でもない事のように思っている冬隼に思わず笑みがこみ上げる。

丁度、淹れていた茶がいい頃合いを迎えていたので、茶器に注ぎ手渡す。

それぞれ香りを楽しみ、口の中で転がして喉に流す。少し蒸らす時間が長かったのかもしれない。

独特な渋みが舌の上に少々残った。

以前淹れた時には完璧にできたのだが、やはり今日はどこか調子が出ない。

その原因をふと思い出して、逃げ出したくなる。

烈の報告で忘れていたが、そういえば朝から会うのは初めてだったのだ。

勢いで口付けをした上、自分は何をどこまで言って、冬隼はいったいどんな反応をしたのだろうか。

一日中考えてみたが、思い出せない。

仕方なしに、全て冬隼に聞いてみようと思って気を引き締めていたのに、李周英の事に気を取られ、思い描いていたきっかけを失ったのだ。

ど、どうやって切り出そう……。背中にじわりと汗が滲みそうだ。

「まだ、顔色が悪いな」

そんな事を考えながら眼を瞬いていると、不意に冬隼がこちらを覗き込んでくる。

「ひぇ、あ、うんそう！　そうかもしれない!!」

あまりに唐突に近くに冬隼の顔がきて、慌てた勢いで、立ち上がる。

「もう、寝ようかなぁ！」

急いで身体の向きを変えて冬隼に背を向けると、卓の上の茶器を片付ける。

「それがいい、俺も若干二日酔いだし、今夜はもう寝るか」

こちらの気を知ってか知らずか、冬隼の声はいつも通りだ。

そのまま二人で簡単に卓の上を片付け、寝台にあがる。

「そ、そういえば、昨夜は冬隼も沢山飲んでいたのよね」

朝、陽香が用意した酒が随分減っていると言っていた事を思い出す。

「あぁ、まぁ半分以上はお前だがな！」

「つ、ついついね……」

ははは と乾いた笑いが漏れる。確かにあれは自分史上最大級に呑んだかもしれない。

そしてこのザマだ。情けなさのあまり、布団を引き寄せ深くかぶると、いつものごとく丸くなろうとする。

その前に、大きな手が頭を二つぽんぽんと叩く。

「何を力んでいたかしらんが、ちゃんとした話があるならば、今度は飲まずに待てな……」

恐る恐る布団を鼻先まで下げる。

しょうのないヤツだと呆れ半分の冬隼の顔が思いの外近くて、ギョッとする。

「うぅ、はい」

情けないやら、照れ臭いのやら、落ち着かない気分で慌てて布団に潜り込む。

昨日は酔っていたから寝られたが、今日はなかなか寝られそうにない。

四章

後宮で爛皇子の鍛錬をしていると、皇后宮付きの侍女が書簡《しょかん》を携えてやってきた。

これを持ってきた使者は急いでいた様子だったと言うので、緊急事態かと、慌てて書簡《しょかん》を開く。

緊急に軍議《ぐんぎ》が開かれるらしい。終わり次第、禁軍に戻れと冬隼からの要請だった。

終わり次第という事はそれほど急を要するものではないにせよ、こうして皇后宮まで持ってくるという事は、それなりに重大な何かが起こっているのは間違いないだろう。

丁度、禁軍の編成が終わってひと段落したところだ。ここから更に練成を深めていかねばならぬところなのだ。戦が起こるとしても、もう少し後であろうと想定しているのだが……

そう考えていた時、ふと不安そうにこちらを見上げる爛皇子が目に入る。

「何か悪い知らせだったのですか？」

翠玉が難しい顔をしていたのを見て不安になったらしい。

しまったなと反省する。

もうすぐ十一という年若い彼に、なんでもない、大丈夫だと笑って誤魔化す事は容易い。しかし彼は子供であってもこの国の後継者の一人である。ありのままをきちんと説明してやる事も大切なのではないかと思うのだ。

「よく分かりません。午後から軍議《ぐんぎ》があるので終わったらすぐに禁軍に戻れという事のようです」

書簡《しょかん》を皇子に見せてやると、皇子はきっちり目を通して、翠玉を見上げる。

「もう、戦になるのでしょうか?」

その不安気な声に、翠玉は真っ直ぐ頷く。

「それは分かりません。でも、そうなってもおかしくはない状況です」

「そうですか……」

話を聞くや否や、爛皇子はうつむく。その声には落胆の色が濃い。

これくらいの年端になれば、やはり戦がどんなものであるのか、きちんと理解はできているはずだ。

民の血が流れる事。敵の侵略の危険性がある事。そしていざという時には、己と周りの者の命が脅かされる事を。

「私が、もう少し大人であったのなら良かったのですが……そうであれば、叔父上や翠姫のお役に立つことができたのに」

呟くように言われた言葉に、驚く。

皇子とはいえ、まだ十代になったばかりの子供だと思っていた。もうすでに自分の役割について知り、何もできない悔しさを感じているのだ。

稜寧といい、この国の未来はなかなか楽しみなものであるかもしれない。

気がついたら、爛皇子の頭に手を置いていた。本来であれば大変に恐れ多い事ではあるのだが、彼の従者《じゅうしゃ》にそれを咎める者はいない。

手を頬まで移動させながら、俯いた爛皇子の顔を覗き込む。

「殿下がそんなお気持ちでいて下さった事を翠玉は嬉しく思います。その悔しいお気持ちはお忘れにならないでくださいませ。それが、剣術においてもお勉強においても、何よりも大切な事でございます」

翠玉が彼の指導について数ヶ月。はじめの頃より精神も身体も随分と大きく成長したように思う。

彼にはその自信も付けてもらいたい。

爛皇子の視線が真っ直ぐ翠玉を見てくる。

「はい。分かりました。翠姫がいない間も今まで以上に鍛錬に励みます！」

その言葉に、翠玉は力強く頷く。

この将来ある子供には、まだまだ教えなければならない事が山ほどある。それがとても楽しみになった。


後宮を辞すと、すぐさま禁軍へ向かう。

翠玉が到着した頃にはすでに軍議《ぐんぎ》は終わっていた。

執務室では、冬隼と泰誠、そして柳弦が深刻な様子で顔を突き合わせていた。

翠玉を見とめると、こちらへ来いと手招く。

近づいていくと、三人が取り囲んでいるものが編成表であることに気づく。

「早かったな」

「紫瑞に動きありとの報告だ」

短くそう言われて、やはりかという思いと共に焦りを感じる。

「想定より随分早すぎるわね」

当初の読みでは、あとひと月ないしふた月ほどはかかると思ったのだが、まだ董拍央への読みが甘かったと言う事か……

「まずは緋堯に侵攻するだろうが、何が起こるか分からん。一万の兵と廿州《じゅうしゅう》に先んじて詰める。お前も来い」

編成表から顔をあげる事なく当然のようにサラリと言われる。

行くか？　でないところをみると、これは命令に近いのかもしれないが、恐らく言っている冬隼には、翠玉が否と言う事などないと踏んでいるのだろう。

「もちろんよ」

しっかりと頷くと、翠玉はすぐさま自分の定位置となっている地形図の置かれた卓に向かう。

箱にしまわれた白と黒の碁石《ごいし》を手に取ると、思考を巡らせる。

◇

「どうかご無事で。お二人の御武運をお祈りしております」

包まれた泉妃の手は、ひんやりと冷たかった。

以前会った時に比べて幾分か顔色は良いものの、それでもやはり青白い。

まだあまり腹も目立たないため、知らぬ者が見れば、一目で病人と思われるほどである。

「泉妃様こそ、御身体をお大事になさってください。無事の御子様の誕生をお祈りしております」

少しでも暖まるように、痩せた手を包み込むと、泉妃は悲しげな表情を少し和らげる。

「こんな姿でごめんさい。これでも随分楽になった方なのです。若くないせいか今までの子の中でも一番悪阻《つわり》が大変でした」

「お子によって、そんなにも違うものなのですか？」

ぼんやりと知識として、悪阻《つわり》というものがある事は知っているが、それが一体どんなものなのかは実のところあまり知らない。

すでに三人産んだ泉妃が毎度このような状態でいたのだろうかと、ぞっとした気分でいたのだが、どうやら差はあるらしく、少し安堵する。

ふふっと泉妃が肩を揺らす。

「毎度、子によって違いますよ。皇子の時は初めての不安もあって、少し辛かったですが、姫二人の時は皇子を追いかけ回す元気がありました」

今の様子からでは信じられないでしょう？　と笑う。

「確かにあの頃は、むしろ少しじっとしていた方がと、周りから注意されるくらいだったわね」

隣に座る皇后が、懐かしむように呟く。

「そうでしたわね。あの頃は皇子が悪戯盛りで」

「そうそう、母を赤子に取られる事が分かるのか、とんでもない悪戯ばかりなさっておられた」

「い、今はそんな事ありません！　次のお子は私がお世話をしてあげるんですから！」

二人が思い出し笑いのようにクスクスと笑い合うのを見て、翠玉の脇に立っていた爛皇子が抗議の声を上げる。

「まぁ頼もしいこと！」

「頼りにしていますよ」

とても微笑ましい姿に翠玉もつられて笑い、泉妃を見る。

見た目で心配したよりも随分元気そうで安堵した。

ふと、この人が冬隼の初恋だったのだという事を思い出す。やつれてはいるが、儚くて可憐《かれん》な少女のようだ。自分とは、まるで違う。

なんだかそんな事を考え始めたら、その場に居る事が急に息苦しくなってきた。

「それでは、まだ仕事が残っておりますゆえ、失礼させていただきますね」

この場から早く離れたい気持ちをおさえながらゆっくりと立ち上がり、二人に礼を取る。

「お忙しいところをお越しいただいてありがとうございます。ご無事をお祈りしております」

「御武運を」

忙しいのは嘘ではない。

二人とも理解していると頷くと、丁寧に見送りをしてくれた。

皇后宮を出るまでは、爛皇子が案内という形で見送りをしてくれるらしい。

「母様達はいつまでも私を子供扱いするのです。いつも、あぁして二人で私を揶揄《からか》うんです」

二人の姿が見えなくなると、拗《す》ねたように口を尖らせながら愚痴《ぐち》っている。

「お二人とも、殿下の事が可愛くて仕方がないのですよ」

そう言って笑うと爛皇子は更にむくれる。

「可愛いなど、嬉しくありません。私は男です。どうせなら格好いいがいいです！」

その言葉に翠玉は驚く。この歳でも一人前に男子なのだと思うと、本人には悪いが、一層可愛らしかった。思わず漏れそうになった笑いを慌てて引っ込めた。

「では殿下。私に男の約束をしてくださいませ」

むくれている皇子の手を取りギュッと握る。

「鍛錬を欠かさず、お母上をよくお支えなさいませ。頼みましたよ」

視線を合わせ、しっかり見つめると、輝きのある真剣な瞳がこちらをしっかりと見据えた。

「はい」

そして、握った手をギュッとしっかりとした力で握り返してきた。初めて会った時の柔らかい小さな手ではなく、少しだけ大きくなって、皮膚が硬くなった手だった。

◇

馬車に乗り後宮を出ると、真っ直ぐ自邸へ戻る。

とりあえず、頭から足先まで飾られている装飾や、動きづらい衣装を早く脱ぎたい。

変な事を思い出したせいか、なんだか心がざわついている。この後着替えを済ませてから禁軍に向かおう。蒼雲と打ち合いでもしてスッキリしよう。

そんな事をぼんやり考えながら自邸に到着すると。

「お客様？　行商《ぎょうしょう》？」

先に門内に停められている、比較的良質な造りの馬車が目に入る。

「なんでしょうか？」

「行商《ぎょうしょう》にも見えますが、こんな馬車を持つ行商《ぎょうしょう》なんて出入りしていたでしょうかね？」

隣と向かいに座る双子がそれぞれ首を傾げる。

仕方なしに門前で馬車を降り、門に向かう。

「どうしたの？」

門の前で右往左往している門番に声をかける。

「これは！　奥方様！　おかえりなさいませ！」

翠玉の顔を見ていささか安堵した様子の門番は、一礼すると、「それが！」としどろもどろに説明を始める。

「突然門内に乗り入れてきて、奥方か旦那様が戻るまで待たせて欲しいと言って聞かないのです」

「どういう事？」

首を傾げると、門番は「それが私達にも全く分からず」と狼狽《ろうばい》するだけだった。

「中の人は、どんな人なの？」

翠玉の問いに、また門番が「それが！」と声を上げる。

「狐の面の男なのです！」

なんだその怪しさ満載の客は……

その場にいた、翠玉と双子は顔を見合わせる。

「とりあえず、従者《じゅうしゃ》の武装は解いていただきましたし、ご本人からも剣を預かっているのですが、どうやら背格好的に武人のようなので警戒しているのです」

どうしたらいいのやらと狼狽えている内に、翠玉が帰宅したらしい。

邸内から、翠玉が戻ったとの報《しらせ》を受けたらしい桜季が走り出てきた。

「身元は？」

「流れの行商《ぎょうしょう》とおっしゃっております」

流石、この宮を切り盛りしている筆頭女官だ。門番と比べようもなく落ち着いている。淡々と状況を報告してくれる。

「冬隼は？」

「今禁軍に呼びに使いを出してございます。そろそろなんらかのご指示が来る頃かと」

「そう、冬隼が来るまで警戒に当たった方が良さそうね」

楽に目配せをする。彼女に預けていた剣を受け取り、かわりに頭に付いている重たい装飾を外して渡す。

「それが奥方様でも良いと仰るのです」

「どういうこと？」

分かりませんと、桜季は首を横に振る。

いったい何者で、目的は何なのだろうか。考えても、心当たりなどない。

もちろん狐の面をつけて歩くような知り合いは思い当たらない。

「とりあえず、門前に人をおいて。見張り櫓《やぐら》の鐘にも人をつけておいて頂戴」

まだどうしたら良いのかと右往左往する門番に声をかける。

「どう、なさるおつもりですか？」

ここで初めて不安そうに桜季がこちらを覗き込んでくる。彼女はどうやら翠玉が単独で動く事を予想している。流石、勘がいいなと、苦笑する。

「このまま冬隼が来て、二人で邸に閉じ込められる方が危険かと思うわ。私が行くから、何かあったらお願いね」

もし敵意のある者だった場合、翠玉と冬隼が二人で対応した際に、相手が何かを企んでいたら……二人そろって敵の手の内に落ちる可能性だってあるのだ。

そしてそのまま邸の門を閉じられてしまえば、人知れず禁軍の将軍の邸が制圧される。それだけは避けなければならない。

最悪、冬隼だけでも無事ならば、なんとでも対応の仕様はある。

「お待たせいたしまして申し訳ない。我が邸にどのようなご用件でしょうか？」

「なりません！」と引き留めようとする桜季を振り切って、馬車に向かっていく。

馬車の周りに付いている護衛らしき者達は、翠玉の姿をみとめても、一切反応を示さなかった。

馬車の前まで行くと、その扉の錠が中から開錠される音がする。

扉が開き、中からしっかりした体躯《たいく》の男が出てくる。

顔には、門番の報告通り、狐の面をつけている。聞いた限りでも怪しすぎるが、実際に見てみると想像以上に怪しさ満載である。

男は、軽い動作で馬車から降り立つ。大きな体躯《たいく》の割にその身のこなしは随分と軽い。

「この家の当主が妻、翠玉と申しまっ！」

全てを言い終える前に、男の手がゆっくりと翠玉に伸びてきた。

とっさに身構え、一歩下がるが、その手が小さく震えている事に気がつく。

どうも様子がおかしい。

男がもう一歩、近づいてきた。

翠玉の頬に彼の手が届いた。ザラリと、あまり手入れをしていない無骨な若い男の手が、翠玉の頬を優しく撫でる。

なぜか不思議と嫌な気がしなかった。むしろ、懐かしい。

どういう事だろうか。呆然と狐の面を見上げる。

次の瞬間男の強い力で肩を引かれ、硬く鍛えられた胸板に抱きこまれる。

しまった、と思ったが遅かった。すごい力と速さで、引く事ができなかった。

「奥方様！」

桜季なのか、または他の女官なのか、悲鳴じみた女性の声が聞こえる。

まずい！　抜け出さなければ!!　そう思って身をよじりかけて、ふとその必要がないのではないかと本能的に思う。

翠玉を抱き込んだ腕は、太く、力強いが、なぜか未だに小さく震えている。

そして、翠玉が抜け出そうと本気になれば、いつでも抜け出せるように加減されている。

いったい、なんなのだ？　男らしい硬い体躯《たいく》、こうした感触はなぜか馴染み深いが、なんとなく収まりが悪いのはなぜだろうか？

この男にどこかで自分が会っているのではないか？

そう考えたところに、殺気が飛んできた。

時を同じくして、翠玉を抱き寄せる男の身体中の筋肉が反応したのが分かった。

腰を何かが滑る嫌な感触がして、すぐさまガチンと高い音が響く。

少し顔を逸らすと、険しい顔の冬隼が剣を抜き、こちらに向けて構え直していた。

どうやら最初の一撃目を弾かれたらしい。

そしてその剣を受けたのは、先程まで自分の腰に携えてあったはずの剣だ。弾き飛ばされた翠玉の愛刀は、弧を描いて後方の地に刺さったようだ。

一瞬のうちに、男は翠玉の腰から剣を抜いて、そして片手で冬隼の一撃を退けたのだ。

背筋が凍る。この男は、随分とできる。

殺気を含んだ冬隼の瞳は、今までに見たことがないほど冷たくて鋭利な光を放っていた。

尚も男の片手は翠玉を抱き込んでいる。そのまま冬隼の剣も受けたというのだ。

流石に冬隼の力で弾き飛ばされたらしいが、あの力に片手で応戦できる者はそういない。

しまったと思う。これでは自分は人質ではないか……

「客人と聞いていたが、我が妻に何用か！」

剣を構え直した冬隼が低く唸る。

空気がピリピリとしているのが伝わってくる。

これはどうにかして自力で抜け出さねばと思った矢先、ふと翠玉を包む男の腕の力が緩む。突然の事に体勢を崩しかけるも、そのままトンと身体を冬隼の方に押される。

倒れ込みながら、翠玉は焦った。このまま冬隼にぶつかると、彼に隙ができてしまう。自ら体勢を立て直さなければならない。

しかし、離れていく男を見つめながら、なんとなく本能でそれをしなくても良いように思えた。

彼は敵……ではないのではないか。

焦りを感じながら、時折湧いてくるこの気持ちはなんなのだろうか。

結局、何も出来ぬまま、ストッとそのまま冬隼の腕に収まる。

翠玉を胸に収めながら、冬隼はなおも剣を男に向けている。

あぁと納得した。男の胸に抱かれたときに収まりが悪いと感じたのだが、どうやら無意識の内に冬隼と比べていたのだ。

いつのまにか冬隼の腕の中に慣れていたらしい。なんとなくこちらの方がしっくりくるのだ。

しかし、扱いは二人とも同じだ。

翠玉に苦しくない力加減で、大切な物を扱うように抱き留めている。

この仮面の男はいったい……

翠玉が冬隼の腕に収まるのを見て男が手を上げる。降参の合図である。

「失礼、つい嬉しくて……申し訳ない冬将軍。私です。李周英です」

唐突に出てきた名前に、はて？　と翠玉は一瞬考える。随分と聞き覚えのある名前だ。

「李、周英、どの？」

ぴくりと冬隼の体が反応したのが分かった。

あぁ、と翠玉の思考も動き出す。李周英とは、碧相国の将ではないか。先日会談に来ていて、本国に戻ったはずの将が、なぜ今このようなところに忍んでくるのだ。

冬隼も半信半疑の様子で、まだ警戒は解いていない。それは彼の筋肉の緊張から伝わっていた。

李周英と名乗る男は、上げた手の片方をゆっくり顔まで下げて、狐の面に手をかけて外す。

「随分とお騒がせをいたしまして、申し訳ありません」

仮面の下から、眼以下を包帯《ほうたい》で巻いた顔が出てきた。

年端三十代前後か、黒の短髪と涼しげな榛色《はしばみ》の瞳が、輝きを含んでいる。

申し訳なさげに目尻を下げているその目元には見覚えがあった。

いや、見覚えどころではない。

「なぜ……このようなところに」

冬隼がそう言いかけた時、翠玉は夫の手を振り切って男の元へ飛び出していた。

皆が、声を出す間もなく、翠玉は李周英に駆け寄り、その胸に入り込むと、手を伸ばし、その顔の包帯《ほうたい》に手を掛け強引に引き下ろした。

李周英は抵抗する事もなく、むしろなにかを理解しているように、それを見下ろして、微笑む。

包帯《ほうたい》の下から出た顔には、以前聞いたような虎に傷つけられたような痕は一切なかった。

翠玉は、その顔を見上げて、震える手をその無傷の頬に伸ばす。その手を優しく李周英は包み込むと、小さく頷いてやる。

次の瞬間、翠玉はその胸に顔を埋めて、泣き崩れた。色々な思いが溢れすぎて、言葉にもできず、ただただ声を上げる事しかできなかった。

何が起こったのか、誰もが呆然とその様子を眺めていた。しかし翠玉にそれを顧みる余裕などなかった。

翠玉にすがりつかれた李周英は宥めるようにゆっくりと頭を優しくなでてくれる。その懐かしい触れ方に、次々と涙が溢れた。

◆

泣きじゃくる翠玉に、それを腕に収めながら、切なげに彼女を見下ろしその髪を撫でる李周英……二人の様子には、他の誰も入り込めない何かがあった。

途中何度か、李周英が翠玉に二、三言葉を耳打ちし、それに翠玉が小さく頷いていているのが見えた。

冬隼も例に漏れず、呆然とそれを見ていると、不意に李周英と目が合った。

以前、岳園が言っていた通り、精悍《せいかん》な顔立ちをしているその青年の顔を見て……冬隼は息を呑む。

それに気づいたのか、李周英は手にしていた面をまた付け直した。

そう、いう事か……

これまでの彼の言動や、翠玉の反応、全てに合点がいった。

「とにかく、こんなところに客人を待たせておくわけにいかないな。桜季はいるか！」

唖然と見守っている一同を一喝するよう声を上げる。

多くの者がビクリと肩を揺らした。

「はい、こちらに」

固唾《かたず》を飲んで見守っていたらしい桜季が、どこからともなく走り寄ってきた。

「客人を応接の間にご案内する。従者《じゅうしゃ》にも休息の場を頼む。武装は、お話を伺うまではこちらでお預かりしてもよいか」

最後の言葉は李周英に向けたものだ。

「ありがとうございます。将軍」

面の下から柔らかな青年の声が聞こえる。

「承知いたしました」

桜季も心得たように淡々と一礼をして離れていく。

桜季が周囲に指示を飛ばし始めるのを確認すると、冬隼も身を翻《ひるがえ》し二人のもとに向かう。

「ご案内します。翠玉、お前は一旦顔を洗ってこい」

李周英の胸から顔を上げた翠玉の顔はなかなか酷かった。まるで子供のようだなと苦笑する。

少し離れて一旦落ち着かせた方がいい。

李周英を連れ邸内に入ると、西の棟の一室に案内する。

冬隼の対面の卓に座ると、李周英は仮面を外し、卓の上に置いた。

その顔を再度見て、冬隼は自分の疑念が確信へと変わった。

「助かりました冬将軍。思いがけず騒ぎにしてしまい、申し訳ありませんでした」

頭を下げられて、冬隼はやれやれと、笑う。

「いいえ、知らなかったとはいえ、随分ご無礼をしてしまいました」

他国の将に突然斬りかかるなど、外交問題に発展してもおかしくはない行動であった。

しかし、あの時の冬隼は、翠玉を人質にされたとあって冷静を欠いていた。思わず本気の太刀を振るってしまったが、李周英がきちんと対峙できる相手で助かった。

冬隼の謝罪に、「いやいや」と李周英は首を振る。

「当然の事です。思いがけず、将軍の本気の剣を受ける事ができて、私としては嬉しくもありましたが」

おどけたように微笑み、眩しそうに目を細めて冬隼を見つめると……

「思った通り、理解のある方で良かった！」と呟いた。

理解があるというよりは、免疫《めんえき》があるといった方がしっくりくるだろう。

そう思って苦笑した時、客間の扉を叩き翠玉が入室してきた。まだ少々目が赤いが、随分落ち着きを取り戻したらしい。

翠玉と共に、茶器を持った女官が入室してきた。翠玉を促して、隣の席に着けさせると、女官達の退室を待った。

「いい女になったな、翠」

最初に言葉を発したのは李周英だった。眩しそうに目を細め、翠玉に笑いかける。

翠玉が息を飲むのが分かった。

「本当に、蓉《よう》兄様、なのよね？」

まだ涙を含んだような震える声で、翠玉が呼んだのは、彼女が十五の時に死んだはずの兄の名前だ。

李周英がゆっくり頷く。

「長い間、一人で辛い思いをさせてごめんな」

「李周英は碧相での名だ。本名の劉蓉芭《りゅうようは》だとすぐにバレてしまうだろう？」

「だから私に興味を持っていたのね？」

「少し急きすぎて、冬将軍から警戒されてしまったがな……」

義兄の言葉に呆れたように翠玉がため息を溢す。彼の発言によって、こちらは随分李周英を警戒する事になり、烈を碧相国までやったというのに、肩透かしを食らった気分だ。

翠玉が冬隼を見上げてくる。兄と同じ榛《はしばみ》色の瞳、それを縁取る長いまつ毛が、まだ少しだけ涙で湿っている。思わず拭おうと手を出しかけて、抑えた。

先日の一件でも思ったが、自分はどうやら彼女の涙に弱いらしい。

当の翠玉はそんな事には気づきもしていない様子で、「前に話した事あると思うけど……」と前置く。

「兄様は十年前、内乱の平定に行って亡くなったと、私は報告を受けていた。だからもう、戻らないものだと、思っていたわ」

以前翠玉から兄弟の話を聞いたことがあった。戦場に出て戻って来なかった兄がいた事。

遺体はなかったが、多くの兵達が彼の最期を看取ったと証言し、清劉国の皇室は彼を死んだものとして認定したという事も、烈に調べさせた報告書に記載があったと冬隼も記憶している。

「内乱なんて罠にすぎなかった。刺客《しかく》の襲撃を受けて、どうにもならなくなったんだ。その時たまたま崖下を流れていた川に飛び込んだ。その川を流れて、辿り着いたのが碧相だった。そこで色々あって軍に入って偉い方に口利いてもらって、今は西の守備に就かせていただいている」

「刺客《しかく》……」

翠玉がポツリとつぶやく。その声は幾分か低い。

「まぁ当時は心当たりがありすぎたからな！」

そんな事もあるだろうと言うように、義兄は翠玉の呟きを軽く笑い飛ばす。

おそらくここまでの間には、そんな風には笑えないほどの努力と苦しみがあったのであろうが、それを感じさせない彼にまた強さを感じる。

翠玉も同じ事を感じたのか、一度唇を引き結び、気を取り直したようにまた身を乗り出す。

「その兄様が、なんで今こんなところにいらしたの？　お国に戻ったばかりでしょう？」

その言葉を聞くや否や、彼も同じように唇を引き結び、次いで姿勢を正すと、冬隼を見つめる。

「貴国に折り入ってお願いがあって来た」

先程のふざけた様子とは打って変わって、鋭い瞳がこちらを捉えていた。

「我が国の宰相《さいしょう》も、明日お忍びで帝都に着く予定です」

「宰相《さいしょう》ですか⁉」

王に次いで政治権力のある宰相《さいしょう》が他国を訪ねるなど、そうある事ではない。

あまりに唐突な話に、この人は何を言っているのだと一瞬信じられなくなる。

しかし間違いないとでもいうように、義兄は真面目な顔で頷く。

「しかし、大変勝手ながら非公式での訪問にしていただきたいのです。そこで、皇帝と宰相《さいしょう》の弟である冬将軍に段取りを頼みたく、一足先にお邪魔したのです」

「っ……何が目的でそのような無茶を！」

冬隼の言葉に、義兄は再度背筋を伸ばすと僅かばかりか口角を持ち上げた。

「簡単に言えば、清劉の帝位の奪還《だっかん》です」

今までになく強い眼差しで言われた言葉を聞いて、翠玉も冬隼も息を呑む。

「今後の紫瑞との戦を思うに、清劉の動向が勝敗を決するのではないかと思っている」

「確かに、それはあるけど……」

戸惑いを隠せない様子で翠玉が呟く。

湖紅国と碧相国に南西を囲まれている清劉国だが、北東側は紫瑞国に囲まれている。清劉国が紫瑞国に下れば、紫瑞国は湖紅国、碧相国へも侵攻し易くなるのだ。

それは、当初から分かっていた事だし、懸念もしていた。

しかし肝心の清劉国が今のところ、他国と多く交わろうとしない姿勢を貫いているため、あまり憂いてはいなかったのだ。

「お前も知っての通り、今の清劉の皇帝はなかなか融通《ゆうづう》の利かない男だからな。簡単に腰はあげないだろうが、しかしいつ董伯央が業《ごう》を煮やすか分からん。残念ながら所詮は小者。あの切れ者が本気を出した時に太刀打ちできるような頭はないからな」

おそらく先の戦の時の尭雅浪のように、手玉に取られ出し抜かれるであろう。

義兄の言葉に、戸惑いつつ、しかし見解は同じである翠玉も頷いている。

清劉国の皇帝の事は、こちらにはあまり聞こえてこないため、冬隼には測り兼ねるが、どうやら二人の認識は一致しているようだ。

「そこでだ！　本格的に紫瑞が動き出す前に、清劉の王座を奪還《だっかん》する。ここに碧相王の書簡《しょかん》も持参した」

「碧相王の⁉」

冬隼の問いに義兄が慎重に頷く。

「上に立つ者としての素質はあると、碧相王も認めてくれている。後ろ盾の約束もある。機に乗じて清劉の都、鞍譚《あんたん》で反乱を起こすつもりだ。実のところ、清劉国内……特に軍内に協力者もいる」

「国内？　軍ってまさか!!」

翠玉が声を上げる。その声は泣きそうに少し震えていた。

「清劉王の政治は、小手先《こてさき》の政治だ。実際のところは他国と協調しない上、古い政治を真似る事しかしていないせいか、ここ数年国力が衰退してきている。しかも現皇帝は軍を蔑ろにする傾向があるようだ。大国の紫瑞が牙を立てたら、すぐに落ちるだろうな」

義兄のその言葉に、翠玉が悔し気に表情を歪める。

その衰退している状況を知っておきながら、王族として何もできずに過ごしていた事を、彼女は悔いているのだ。彼女にはどうにもできなかったとしても……

「そこで、貴国の協力を仰ぎたい。碧相と共に後押しをしてほしい！　もちろん帝位に就いた後は、新帝の独自政治を約束されている。決して碧相の属国《ぞっこく》になるわけではない」

強い光を含んだ瞳が二人を見据え、決して世迷言ではなく、大義がある事を物語っている。

冬隼は不思議な気分になる。翠玉に似た顔であるのに、この覇気《はき》と、威厳《いげん》。

皮膚が粟立《あわだ》つ感覚が、下から上へと上がってくる。

この男は、玉座に座る素質を持っている。

同じように皇室で生まれ育った者の本能がそう言っている気さえした。

「具体的に我が国に何を求めておいでだ」

腹に力を入れる。この場自体が交渉の場であるかのような緊張感を持ち始めた。

冬隼の意を理解したように、義兄はゆっくりと頷く。

そして指を四本立てる。

「四つお約束願いたい。一つは反乱を起こす際、貴国の要人《ようじん》を巻き込んでしまう可能性があるため、理解の上適切な対応をお願いしたい。できれば協力願いたいところだが、そこは話が詰まってからだ。そして二つ、成功の暁《あかつき》には、碧相と共に建国後の後ろ盾をお願いしたい。三つ目だが翠玉、お前の力を貸してほしい」

「私⁉」

翠玉が声を上げる。

驚いた様子の彼女に、義兄は「そうだ」と頷くと、また話を戻す。

「最後の四つ、劉妃には内密にしたい。今回顔を隠してこんな形をとったのも劉妃を警戒したためだ。この国においての劉妃の影響力がどの程度か分からなかった。まぁ翠玉と劉妃がいい関係でいるとも思えないし、様子を聞いてから動こうかと思っていたのだが……」

なるほどそこまで考えていたかと、冬隼は感心する。十年以上会っていなくても、的確に翠玉を理解しているあたり、流石兄というものだ。

「でも、そんな簡単にいくの？　軍の協力者って……」

戸惑いを隠せない翠玉に、義兄は安心させるように表情を崩す。

「清劉の禁軍は俺達にとって古巣《ふるす》みたいなものだろう？　現にお前は俺が生きている事を知らなかった。川に飛び込んだ時、多くの仲間が一緒にいた。当然生きている可能性がある事を奴らは知っていて黙っていてくれた。そして奴らが今、清劉の軍の要職に就いている。具体的な名を挙げるならば、卓牙などだ」

義兄の口から出て来た人物の名に、はっとしたように翠玉が腰を浮かせた。

「確かに……私は彼らから兄様は間違いなく亡くなったと聞かされたわ。最後を看取って川に流したと……」

その時を思い出したのか、また幾分翠玉の声が湿っぽくなったように感じた。ただの一兵が、世継ぎ候補の王子の生死を隠蔽《いんぺい》するなんて、どれほどの覚悟がいる事か。

それが未だに隠し通されているという事に正直、冬隼も驚く。禁軍に協力者がいるというのは、嘘ではないだろう。

様々な状況と条件を頭の中で整理し、義兄を見据える。

「お話は承知しました。とにかく、これから宰相《さいしょう》の方に話を持っていきましょう。なるべく早めに会談を持てるよう努めます」

「御面倒をおかけして申し訳ない」

丁寧な礼と共に言われ、承知したと冬隼は頷く。

「それで……会談を待つ間、兄様はどこに泊まるの？」

話がまとまり、ほっと一息ついた頃、徐《おもむろ》に翠玉が首を傾げる。

「公式な客になるのはまずいからな。とりあえず宿を取っているよ」

義兄は特に拘《こだわ》りもなく、なんでもない事のように笑う。

「だめよ！　うちに逗留《とうりゅう》した方がいいわ！」

冬隼よりも先に翠玉が反応した。

全く同じ事を言おうとしていたので、苦笑する。

「お忍びとはいえ、御身に何かあってはなりません。個人的な客人として、宰相《さいしょう》殿もどこか安心な逗留先《とうりゅうさき》を用意しましょう」

また一つやる事が増えたと、冬隼は頭の中で段取りを考える。少し忙しくなりそうだ。

「そういう事ならば……ありがたく、お言葉に甘えさせていただきましょう」

すぐさまこちら側の立場を理解し、要望を呑む姿勢を取る柔軟さは、やはり翠玉の兄というだけある。

その上、いずれは一国の皇帝になるかもしれない立場にもかかわらず、今の彼には偉ぶる態度も、威圧感もない。

それどころか先ほど大義を語った際に冬隼を圧倒した、覇気《はき》すら纏ってはいない。

そうしたものまで自在に操り、利用できる者は、冬隼の知る中でもそうはいない。

「とりあえず雪兄上に取り合ってみる。兄妹で久しぶりに話したい事も多いだろう。邸の事は頼むぞ」

翠玉を見下ろすと、彼女からも心得たという視線が戻ってくる。十年もの月日を離れていたのだ。話したいことは山ほどあるに違いない。

すぐさま雪稜の元に向かうため、部屋を後にすると、外に待機している護衛達に、席を外すよう指示を出した。

◆

「少し手合わせしない？」

冬隼が出ていき、部屋には二人きりになった。

部屋が整うまで、しばらく今までの事を話していたのだが、やはり二人とも気質は同じである。

つい、互いの力量を測るために打ち合いたくなってしまい、翠玉の案内で二人で中庭へ出た。

数回打ち合って、身体が温まってきた頃合いで、どちらともなく間合いを取る。

「思いもしないほど強くなったな、女であるのが本当に惜しい」

こちらは肩で息をしているのに、そう言いながらも兄は涼しい顔をしている。

「生きる目的だったからね！　でも勝てないのは悔しいわ」

翠玉の言葉に兄が笑う。

「当然だ！」

そう言って再度、間合いを詰めてくる。

久しぶりの兄の太刀は、昔に比べ、当然重く速くなっている。反射神経や技術、すべてを取っても、翠玉の知っているあの頃の兄の太刀ではなかった。

随分と苦労したのだろう。何も後ろ盾のない他国で剣一つでのし上がってきたのだ。生半可な努力では実現しない。

ぴたりと目の前で切っ先が光る。

「勝負あったな」

その先にあるニヤリと嬉しそうに笑う顔は、変わっていない。

「完敗だわ」

手をあげると、目の前に突きつけられた切っ先が収められる。

よく二人で真剣で打ち合ったものだ。その度に陽香に見つかって叱られたのだが、どうやら今日は大丈夫らしい。

「ここまで、随分大変だっただろう。剣に苦労が乗っていたぞ」

彼も同じ事を思っていたのかと苦笑する。

「兄様ほどじゃないと思うけど？」

おどけて肩を竦めれば、兄は「どうだろうな……」と困ったように眉を下げた。

「清劉でのお前の様子は、聞いていたんだけどな。帝位を奪還《だっかん》するまで辛抱《しんぼう》してくれと祈る事しかできなかった。ようやくあと数年と目処が立った途端に、湖紅に嫁入りしたと聞いて焦ったが、こういう縁があって良かった」

「え……碧相にも私の情報が漏れていたの？　全く……清劉の後宮って、本当に情報統制がなっていないのね！」

考えてみれば、冬隼も李蒙も、蘇家もそれぞれ翠玉の情報を入手していたのである。

翠玉一点に絞っていたとはいえ、これだけ情報が漏れるのも問題なのではないかと思う。

「色々と脇が甘いのだろうな。そうでなかったらお前みたいな危険なやつを、国外に放出はしない」

兄の言葉に「たしかにな……」と苦笑する。

「清劉の王室はいずれ腐る。だから俺はそうなる前に帝位を奪う。母さんや庸《こう》兄上を殺したあの親子にいつまでもいい思いはさせない」

見上げた兄の横顔は、歳を重ね、生きる場を変えても、変わらないのだと、安堵する。同時に思う。やはり兄こそが帝位に就くべきだったのだと……

「お前はどうする？」

不意に話を向けられて、翠玉はその言葉の意図を測りかねて、きょとんと兄を見上げる。

「どうする……って？」

兄の大きな手が翠玉の頭に置かれる。記憶にある彼の手と比べ物にならないくらい大きな手だ。

「俺が帝位についた暁には、国に戻ってお前には支えてもらいたい。新しい皇帝には、一人でも味方が多い方がいいからな」

「え？　私？」

考えてもいなかった話に、ぽかんと口を開けて見上げる。おそらく翠玉がそんな反応をする事は、兄には予想がついていたのだろう。

「まぁ、お前は嫁《とつ》いだ身だし、無理は言わないさ、でも、俺の隣にいてくれたら助かる」

「答えは急がないから……」

そう言って、ぽんぽんと頭を二度叩かれ、彼は背を向けると、庭から回廊に設えられた露台《ろだい》を上がっていく。ちょうど部屋の準備が出来たと、桜季がやって来たところだった。

その背を茫然と見送りながら、今言われた言葉を翠玉はゆっくり噛み締める。

兄様を支える役目？　もう戻る事はないと思った、あの故国で？

不安定に揺れる馬車の中、嘆く陽香と李風と共にあの地を後にしたのは、もう随分と前の事のように思える。

生まれ育った故国ではありながら、どこか自分のいるべき場所ではないのだと感じていた。だからこそ、国を離れる事に未練はなかったはずなのに……

「翠玉？　義兄上は部屋に行かれたのか？」

「ひぇ!!」

兄を見送ったまま、立ち尽くしていると。唐突に背後から呼びかけられて、思わず肩を跳ね上げて飛び上がる。

「どうした？」

振り返れば、宮廷から戻った格好のままの冬隼が不審そうな顔で立っていた。

門につながる回廊を背にしていたのだから、人が現れてもおかしくはないのだが、先ほどの兄との話を聞かれたくない人物の登場に、背筋がひやりとした。

「な、なんでもない」

なぜこれほどまでに落ち着かない気分になるのだろうか、呼吸も鼓動もなぜかとても速い。

「義兄上は？」

「っ部屋に！」

慌てて今兄が向かった方向を指差すと、冬隼は、「そうか」となんでもないように呟いて……

「お前も着替えろ、夕餉《ゆうげ》を共に取るぞ」

踵《きびす》を返し、今来た回廊を戻って行った。

「今の、聞かれてないよね？」

まだザワザワと落ち着かない胸を押さえながら冬隼の背中を見送ると、とぼとぼと庭を戻り回廊に上がる。

もし、自分が兄と共に清劉へ戻ると言ったら、冬隼はどう思うのだろうか。きっと、軍事《ぐんじ》面では惜しんでくれるだろう。それだけの実績と立場は築いてきた自負はある。

だが、妻としては……

そう考えて自嘲《じちょう》する。嫁《とつ》いでからここまで、妻としての務めなどほとんど果たしていないに等しい。唯一、一度だけあった閨《ねや》の務めですら、売り言葉に買い言葉の末の事だった。

「寂しい、くらいは思ってくれるかしらね……」

「明後日、謁見《えっけん》の段取りがつきました。私的な客人のため、宰相《さいしょう》の執務室での話になるかと思いますが、よろしいでしょうか？」

夕餉《ゆうげ》の席に着き、一通りの膳が運ばれて人払いが行われると、冬隼が話を切り出した。

「構いません。早急にご対応いただき、感謝します」

深々と兄が頭を下げる。多忙な皇帝と宰相《さいしょう》への謁見《えっけん》の予定が二日後に取れるなんて、随分と順調に事が運んでいると言える。

しかもこの短時間で……である。それだけこの話は湖紅国側にも利が大きいという事なのだろう。

「宰相《さいしょう》の逗留先《とうりゅうさき》は蘇家が引き受けます」

次いで冬隼の口から出た言葉に驚いて、彼を見上げる。

「なるべく身内にしか情報を明かさない方がいいだろうという判断だ……」

こちらに言い聞かせるように頷かれて、「確かにそうだ」と苦笑する。随分と根回しがいい。

冬隼のこうしたおおよそ武人らしくない細やかな気の配り方には時々驚かされる。

「蘇家？」

訳を知らない兄の説明を求める視線に、頷く。

彼も、母の嫁《とつ》ぐ前の事はおそらくあまり知らないはずだ。

「母様の生家よ。兄様が生きているのを知ったら、叔父上も伯母上もきっと喜ぶわ」

彼らが大切な母の忘れ形見《がたみ》である甥《おい》の不利になるような行動を取る事はまずもってあり得ない。その上、王族に由来のある家系の家柄である。

他国の宰相《さいしょう》に対しても、十分なもてなしをしてくれるだろう。

「母様の生家？　そうか、母様もこちらの人だったな」

案の定、どうやら兄は、今それに思い至ったらしい。

皇室を離れて十年以上、自分の出自など省みている暇など兄にはなかったのかもしれない。

蔑ろにされながらも、安全で守られた後宮の片隅で、日々武術に明け暮れていた翠玉とは違い、彼は様々な死線をくぐり抜けながらここまで生きてきたのだ。

そんな兄に翠玉は報いてやりたいと思った。兄がここまでやってきた事は、全て母と兄弟達のためであるのだ。

そんな事を考えている内に、話題は変わっていく。

当然、武人が三人そろえば、話が武術に向くのは必然だった。

「もしお時間があれば、冬将軍にも是非手合わせしていただきたいな」

「お時間があれば是非にも」

兄の言葉に冬隼も頷く。大国の国境線を任される将の腕前に、実のところ彼自身が興味津々である事を翠玉は知っている。

冬隼の敬愛する武人の中に碧相の具岳園がいるのだから、余計にそうであろう。

「そういえば、先程翠玉と打ち合っていたようですが？」

次に冬隼から出た言葉を聞いて、胸が跳ね上がる。

やはりあの時冬隼は、翠玉と兄の話を聞いていたのではないだろうか？

一度落ち着いた鼓動が、またしても早鐘を打ち出す。

「あぁ！　大丈夫ですよ！　翠よりは強いです。ちゃんとお相手になれるかと！」

そんな翠玉の気持ちを知ってか知らずか、兄は豪快に笑い飛ばす。

「っ……失礼ね～！」

慌てて話に乗っかり、むくれて兄を睨みつけた。

「いや、女であれだけ使えれば十分だ。あの腕があれば、碧相なら将になれるぞ！」

宥めるように言われるが、翠玉は怒った顔のままフイッとそっぽを向く。

よくこうして兄のからかいに拗《す》ねていた事を思い出す。

「うちでもよく人材を育てています。育て方が上手いので助かっています」

意外にも、冬隼が擁護してきたので、驚いて彼を見る。

なんでもない事を言ったような顔をして、酒を呷っている。顔が一気に熱くなった。

「ちょっと、冬隼までやめてよ！」

慌てて謙遜《けんそん》するも。

「いや、本当の事だからな」

さらりと言われ、更に恥ずかしくなる。

二人の時には度々あるも、冬隼が人前で恥ずかしげもなく翠玉を褒めるなど珍しい。

「そういうわけですので」

カタンと杯を置く音が響くと共に、冬隼が姿勢を正して兄を見据える。

「我が国にも翠玉の力は必要です。どこかにやる気はありません」

真っ直ぐに兄を見つめる視線は真剣そのものだ。

やはり先ほどの中庭での会話を聞かれていたのかと驚くと同時に、翠玉を必要だと彼が言ってくれたという事実に、胸の奥が高なった。

彼が翠玉の事を認めてくれているのは知っている。惜しんでくれるであろう事は分かっていた。

だが、他に渡したくないほどに必要だと言ってくれるとは思いもしなかった。

胸の奥からじわじわと喜びが湧き上がる。

「やはり聞いておられたか」

兄も持っていた杯を置く。冬隼とは対照的に、楽しげに口元に笑みをたたえている。

「分かって、言っておられたのでは？」

試すような冬隼の視線に、兄は後頭部を掻きながら悪びれない様子で笑う。

「まぁ、気配くらいは気づいていましたよ？」

兄のそんな掴めない返答に、冬隼がひとつ、ため息をついて翠玉へ視線を移す。

「しかし、決めるのはお前だ。お前の生きる道だ、お前が好きなようにしたらいい」

唐突に言われた言葉に、一瞬意味が分からなかった。

必要と言った口で、突然突き離されるような言葉……

「どう、いう事？」

気持ちを持っていく方向が分からず、口を出たのは、その真意を追及する言葉だった。それなのに、こちらの気持ちとは裏腹に、冬隼は随分と落ち着いていた。

「お前が義兄上について行きたいのなら、できるだけの対応をする。だからお前の好きなように決めていい」

事前に決めてあったかのように淡々と言われた言葉の中に、彼の感情が全く見えなかった。

「冬隼は、それでいいの？」

なぜか声が震えているような気がした。見返した冬隼は、小さくため息を漏らしながらも、それでもしっかりこちらを見ていた。

「お前が望むのなら仕方なかろう」

つまりは、そうなのか……

気がついた時には、立ち上がっていた。

「なんか酔いが回ってきちゃったわ、私先に失礼するわね」

早口で言い捨てると、そのまま二人の方を見る事なく、足早に退室する。

もう一秒たりとも、この場にはいたくなかった。

泣きそうな顔を彼には見られたくなかった。

◆

退室してゆく翠玉の背中を、言葉を発する事すらできぬままに見送り、冬隼は深く息を吐く。

怒らせた……どうやら、言い方がまずかったらしい。

いったい、どう伝えるのが正解だったのだろうか。

己がこうした事を上手く伝えるのに不向きな質である事は知ってはいたが、流石にあの翠玉を退出するまでに怒らせるとは……

この後彼女にどう声をかけようか……思わず思考を巡らせていると。

一部始終を見守っていた義兄が、くすりと笑った。呆れたような、しかしどこか面白がっているようなその表情を見るに、どうやら彼には冬隼の真意が分かったらしい。

「お恥ずかしいところを……」

情けなくなり、項垂《うなだ》れる。

「なんの、ご苦労なさっているな」

励ましなのか、同情なのか、「まぁ飲め」とでもいうように、義兄が酒を持ち、冬隼の杯に酒を注ぐ。

「アレはどうやら恋愛の経験値が低い、貴方が言いたかった事を真に理解するには、時間がいるでしょうな」

十年間、離れていた兄にもそんな分析をされるほど、彼女の鈍さは筋金入りらしい。

むしろ翠玉が冬隼の意を真に理解する日がやってくるのかどうかすら怪しい。

それを分かっていたくせに、上手く伝えられなかった己が更に不甲斐なくて、注がれた酒をやけ酒よろしく一気に呷った。

「でも俺は安心しましたよ。貴方がちゃんと翠玉を想っていてくれている事が分かりましたから」

義兄だけが一人、楽しそうにクックッ笑うと、酒を美味しそうに飲み干す。

「とんと本人には伝わらないのですが、やはりあれは聞かせていませんでしたね？」

杯を置くと、じっとりとした視線を彼に向けるも……

「はは、少し試してしまいました。お気を悪くさせたら申し訳ない」

更に楽しそうに笑われた。あの翠玉の兄である。やはり、なかなかの曲者《くせもの》だ。

義兄はひとしきり楽しそうに酒を呷ると、徐《おもむろ》にカタンと杯をおいた。

次に見た表情は打って変わって、真剣な表情だ。

「しかし本音ですよ？　即位の直後の皇帝には味方が一人でも多い方がいい。もし翠玉がこちらを選んだ時は……」

どうやらこれも彼の交渉事のひとつだったらしい。

深く息をついて、拳を固く握りしめると覚悟を決める。

「その時は、仕方がありません。アイツのためにできる事はやりましょう」

言わされたようで癪《しゃく》だが、冬隼にはどうにもできない事で、全ては翠玉が決める事なのだ。

そんな冬隼の気持ちを手にとるように理解しているらしい義兄は、哀れんだように冬隼を見る。

「苦労しますね」

半分はあなたのせいだと言いたいところだが、もうそんな気力もなく、苦笑するにとどめた。


寝室に入ると翠玉はすでに眠っていた。

起こさないように寝台に近づくと、その寝顔を眺める。毎日当たり前のように隣にあるそれは、いずれ手の届かないところに行ってしまうのだろうか。

敷布に散るように流れた艶《つや》のある髪をすくい、口付ける。

手放したくない。どんな手を使ってでも、そばに置きたいというのが本音だ。

しかし色々なものに翻弄《ほんろう》されて、流される中で己の役目を探してきた彼女は、これまで自分で自分の道を決めた事がなかったはずだ。

冬隼のもとに嫁《とつ》いだのも、決められてきた事だ。

昼間、義兄にしがみつき泣き出した翠玉を思い出す。あんな翠玉を見るのは初めてだ。

以前自分の身体が思うようにいかず悔しさに涙した姿を見た事はあるが、あそこまで感情を出し切った姿は初めてだった。

確かに、驚いたであろうし、混乱もしていただろう。

しかしあれほど自然に感情をぶつけられる場所にいるのが、彼女の幸せではないだろうか。

本当の意味で翠玉には自由になってほしい。そしてその先で決めた場所が自分のところであったなら、それほど嬉しいことはないのだが。

しかし、それはなかなか難しいのかもしれない。

「欲張りだな……」

浅ましい自分の思考に思わず嘲笑《ちょうしょう》が漏れる。

そんな事を考えずに、お前はもう嫁《とつ》いだ身なのだから、諦めて俺のそばにいろと言えるほど、ずるくいられたのなら、良かったのかもしれないが。

生まれ持ってそれができない性分であるから仕方がない。

◆

深夜に目が覚めて翠玉はゆっくりと寝台から起き上がる。隣を見れば、いつも通りの位置でぐっすりと眠っている冬隼の姿があって、思わずほっと息をつく。

こんな時間に中途半端に目覚めてしまうのはめずらしい事だが、久しぶりの感情が高ぶる事が多かった一日を思い出せば、仕方がないだろうと思いなおす。

十年もの間、死んだと思っていたはずの兄が生きていたのだ。

最後に会った時に比べて随分と逞しくなって、大人になり、剣の腕も驚くほど上がっており、その背景に想像以上の苦難を乗り越えてきた事がうかがえた。

兄が清劉国の皇帝となるならば、その道を応援したい。

たしかに、兄が言うように、翠玉がいた頃の清劉国はいい政治ができているとは思えなかった。

後宮の奥で、ただ漂うように生活している中でも、自分の処遇云々の前に兄が生きて皇帝となっていたならと思うことは度々あった。

しかし。

普段より少し幼く見えるあどけない寝顔を眺める。

冬隼のそばを離れるなんて、考えた事もなかった。

確かに冬隼の言うように、ここにいるのは、自分で選んだ道ではない、しかし翠玉にとっては十分満足な日々だったのだ。

自分で選ぶ、か……

思えば初めての経験だ。

彼が、翠玉の事を一番に考えてくれているのは、冷静になれば分かる。湖紅国になくてはならないと言ってくれたのも嬉しかった。

しかし、彼自身はどうなのだろうか。人材としてではなく、妻としては。

「ふふ、バカね……」

なんと言ってほしかったのだろう。政略結婚の形ばかりの夫婦だ。男女として気持ちが通じ合っているわけでもない。

あの夜、酔った勢いで言ってしまったけれども……

『冬隼だから、いいのよ』

あの言葉を聞いて彼はどう思ったのだろうか。

その後冬隼からは、その事について何も返答はない。

それが、答えなのかもしれない。

冬隼の妻は……翠玉でなくても、いいのかもしれない。

朝、目を覚ますと、すでに隣に冬隼の姿はなかった。

世話をしにきた陽香に聞くと。朝から調整のため雪稜のもとに行かねばならないと言って、出かけていったというではないか。

顔を合わせるのが辛かったので、丁度いいのかもしれない。

軽く胸を撫で下ろしている己に苦笑する。

朝食のために卓に向かうと、卓上に何やらびっしりと文字が敷き詰められた紙が置かれている。

見慣れた几帳面な文字は、馴染み深い冬隼のものだ。早朝に出て行きながらこんな物も用意していたのかと、半ばあきれながら目を通す。

どうやら、というか案の定、翠玉への事務的な指示だ。他国の将を一人でうろうろさせるわけにはいかないため、現在監視役兼護衛を手配しているが、しばらく翠玉にその任を頼みたい。

今日到着する碧相の宰相《さいしょう》を迎えるための、蘇家の受け入れを手伝ってやってほしい。禁軍での調整は泰誠がやるので大丈夫だと。

簡単にいうとそんな事が書かれていた。

「陽香！　蘇家に行く事になったから、そのように準備をお願い」

慌てて、翠玉の身の回りの物を準備している陽香に声をかける。

「旦那様からお聞きしております」

なんともあっさりとした返答が返ってきた。

そんなところまで根回しが済んでいるのかと、ただただ感心するばかりだ。

身支度と朝餉《あさげ》を済ませて、兄の部屋を訪ねる。部屋に入るなり、客人というのが嘘のようにくつろいでいる兄が目に入る。それもそうかと、思わず笑みが漏れる。

彼の素性に触れる者は少ない方が良いという事で、世話を担う者は、陽香と桜季に限られているのだ。特に、幼い頃から気心の知れている陽香が中心に出入りしているので、彼にとってはとても気楽なのだろう。

「よく寝れましたか？」

愚問《ぐもん》である事を知りながらも定形通りの挨拶をする。

「おかげさまで」

兄もそれを分かっていて、なんでもないかのように返してきた。

「旦那は？」

問われて思わず肩を竦めて笑う。

「朝から調整に走っているらしいわ」

つい、らしいというところを強調してしまったと気づいたが、なんでもないフリをした。

「冬将軍には、すまない事をしたな。本来なら三国の会談の時にと思ったのだが」

心底申し訳ないといった様子で翠玉を招き入れると、声を潜める。

「本当に冬将軍に嫁《とつ》いだのがお前なのか確証がなかった。劉妃を警戒していたから、危ない事はしたくなかったんだ。それに、響透国を差し置いて個別に会談をもてば、憶測が出るだろうし」

「分かるわ」

事が事だ、逸って行動を起こせば全てが台無しになる。万全を考えれば翠玉でも同じ事をしただろう。

「宰相《さいしょう》の一団には部下を迎えにやった！　冬将軍の部下もつけてもらったから蘇家とやらには、問題なく辿り着けるだろう」

なんでもないように言った兄は、卓に盛られている菓子鉢を持ち上げる。

「食うか？」と差し出してくるが、朝食の後なので遠慮する。お茶をしにきたわけではないのだ。

「それなんだけどね。今日の内は兄様の護衛兼お目付役を私がする事になったのだけど、蘇家にもお手伝いに行かなきゃならないのよ。一緒に来てくれる？　叔父上は喜ばれると思うんだけど」

完全に翠玉に付き合わせる事になるのがいささか申し訳ないが、翠玉と同じ性分の兄である。ジッと部屋に篭っているわけがないのだ。

「ここにいてもなんだし、行こうか」

即答で了承の意が返ってきた。

「ねぇ、そのお面はどういう意図があって選んだの？」

馬車に乗り込むと、上目遣いに向かいに座る狐の面を見る。

中身を知っているが故に、更にその姿に違和感を覚える。

「子供のおもちゃにあったものを適当に拝借《はいしゃく》した」

面の向こうからくぐもった声で言われた言葉に呆れる。

「適当すぎよ」

探せばもっとマシな物はあったはずなのだが、どうやら兄はそこには全く頓着《とんちゃく》していなかったらしい。最初にその姿に度肝を抜かれた身としては、もう少し考えてもらいたかった。

しかし。

「そっか、子供がいるのね！」

そういえば烈が調べて来た李周英の報告に妻子有りと書いてあった事を思い出す。

当時はそれが自身の兄とは露ほども思わなかったのだが。

「男と女が一人ずつな！　娘の方はお前や母様に似ているぞ」

表情は見えないが、嬉しそうな声音だ。

昔から妹や弟達の世話が好きな人だったから、きっといい父なのだろう。

「と、いう事は兄様にも似ているわけね」

兄弟の中で、こと翠玉と兄は母親似だった。昔ほどではないが、今でも二人の顔立ちは自分達でも自覚する程度には、どこか似ている。

冬隼が兄の素顔を見てすぐに客人と判断したのは、どことなく兄に翠玉の面影がある事に気づいたかららしい。

「まぁそうなるな。性格は、俺に似ないといいのだけどな」

ハハハと笑うが、その声に深刻な色はない。

「奥様は？　どんな感じの方なの？」

「楽しい人だよ。碧相王の王女なんだけどな。その、なんていうか碧相王の火遊びでできた平民の子なんだ。市井《しせい》育ちだから変な矜持《きょうじ》もないし。飾らないから、気楽でいいんだ」

「流石碧相王、抜け目がないわね」

普通であれば、王が自ら王女をいち将軍に降嫁《こうか》させるなど、あまりしない事である。おそらく私生児の名ばかりの王女であるから、騒ぎ立てられる事もなかったのだろう。

しかし、兄が清劉国の皇帝についたならば、その妻は清劉国の皇后となる。

皇后は、ある程度の身分のある者で、尚且つ後ろ盾がある方がいいに決まっている。兄にとって、義父が碧相王である事は大きな追い風だ。

同時に碧相王にとっては、兄を自分の懐中に入れておける。その上、他国に先んじて兄の王朝に姻戚関係を持つ事ができるのだ。

「まぁ、やり手だよ。流石は大国を率いているだけある。だがまぁ、俺としては結果満足しているから、感謝しているよ。そこもあの方の狙いかもしれないけどな」

兄の呑気《のんき》な言葉に、彼が今幸せな家庭を築けているのだと感じて、少しほっとした。

「待っていたのよ～」

「蝶妃伯母様！」

蘇家に到着すると、予想外の人物が待っていた。高蝶妃である。

母によく似たその姿で二人に駆け寄ると、まぁまぁ！　と驚いた様子で、兄を見上げる。

「これはまた、立派な狐さんですこと！　この方が、私の可愛い甥《おい》なのね？」

冗談めかしてコロコロと笑いながら言うと、眩しそうに兄を見上げた。

一瞬兄が息を呑むのが分かる。翠玉同様、高蝶妃に母の姿を重ねたのであろう。

「よくぞご無事で。伯母の蝶京です」

「お会いできてうれしいです、伯母上」

そう言って面を外した兄の顔を、伯母は繁々とながめて、嬉しそうに微笑む。

「まぁ！　翠玉にもよく似ているのねぇ！　それで仮面を？」

「はい。余計な憶測を招くのは避けたいので」

「ふふふ、こんなところではなんですから、中へどうぞ」

思い出したかのように、回廊を指して二人を迎え入れてくれた。

どうやら、叔父は出仕のために留守のようだ。

昨夜冬隼からの要請を受けて、兄の生存を初めて知った叔父――玄忠は、すぐに高蝶妃に連絡を入れたらしい。今朝になり、隠居《いんきょ》先から慌ててやって来たという。

他国の宰相《さいしょう》という高位の者を迎えるのだ。先帝の貴妃が出迎えるのであれば、失礼には当たらないだろう。

翠玉が来るまでもなく、高蝶妃と玄忠の妻によって十分な準備が整っていた。

碧相国のしきたり的に問題のある物がないかどうか兄に確認をしてもらい、茶を飲んでいたところで宰相《さいしょう》一行が到着した。

碧相国の宰相《さいしょう》は、四十半ばほどの中肉中背の人当たりの良さげな男だった。食わせ者と有名な碧相王と渡り合う有能な男とは聞いていたが、旅装束のせいかあまり飾り気もなく、平凡そのものに見える。

挨拶を済ませて客室に案内すると、そのまま兄と二人で話し込み始めたため、翠玉と高蝶妃は元の茶の席に戻り、待つ事にした。

「お兄様が見つかったのに、どうしてあなたはそんなに落ち込んでいるの？」

しばらく他愛もない会話をして、話が途切れた頃、翠玉の顔を高蝶妃が覗き込む。

一瞬息を呑んで、観念したように大きく吐き出した。

「なぜ、お分かりになるのです？」

努めて普段通りに振る舞っているはずなのだが、どうやらこの人生経験豊富なご婦人を欺く事はできなかったらしい。

白旗を上げた翠玉を見て、ふふふと高蝶妃は嬉しそうに笑う。

「私はあなたの母代わりみたいなものよ！　あなたにしては覇気《はき》がないのだもの～」

我が意を得たりと、嬉しそうに高蝶妃は扇子《せんす》を口に当てて笑う。

全く、この人には敵わない。そう思いながらも、母の代わりと言ってくれる人がいる事を嬉しく感じた。

「夫婦って難しいなって思って」

何をどう説明していいのやら迷った挙句、出てきた言葉はありきたりで抽象的な言葉だった。

「あら、殿下と喧嘩でもしたの？」

大して意外でもなさそうに驚かれて、翠玉はうーんと唸る。

「いえ、なんというか、何を思っているか分からなくて」

「あらあら、殿方なんてそんなものよ！　あちらもきっと同じことを思っているわ！」

困った子供を諭すように言われ、翠玉は苦笑する。母が生きていたらこんな会話をする事もあったかもしれない。

「色々やりたい事があって、でもどちらかしか取れなくて。でもその場所が自分を歓迎しているかどうかは分からなくて……」

簡潔に説明したいのだが、どこまで話していいのやら分からなくて、抽象的にしか伝えられないのがもどかしい。あまり多くを話してしまうと、高蝶妃や蘇家の人々を深く巻き込んでしまう恐れがある。

それを察してか、高蝶妃は、じっと静かに翠玉の言葉を待ってくれた。翠玉が困ったように口を噤むと、高蝶妃は静かに茶器を卓に置き、翠玉に向き直る。

「そんなの簡単よ！　あなたが後悔せず、いたい場所にいたらいいのよ。選べるのだもの、よく考えなさいな」

少し突き放すような言葉とは裏腹に、その瞳は温かくて、優しい色をしていた。

翠玉がどんな選択をしても、それが最良であると力付けてくれているような眼差しであった。

◇

兄の用事が終わるのを待ち、帰宅する。

自室に向かっていると、冬隼の執務室から泰誠が出てきたところだった。

手には何やら数冊の書を手にしている。

「こんな時間に珍しいのね？　冬隼は？」

向かってくる泰誠に声をかける。

「禁軍にいますよ！　僕はお使いに来ただけなので、また戻ります」

そう言って手に持つ書を上げてみせた。どうやらそれらを取りに戻ってきたらしい。

「ご苦労様！　蘇家の方は滞りなくと、冬隼に伝えてくれる？」

労いながら、ついでに報告を頼む。後から自分でしてもいいのだが、なんとなくあまり冬隼と話す気分になれなかった。これならばあまり不自然ではないはずだ。

「承知しました！」

泰誠がおどけたように、大袈裟に礼を取る。

そのまま、いなくなるかと思いきや、じっと観察するように見られる。

「何か？」

はて、まだ何か伝えることがあったであろうかと、小首を傾げると。

「殿下と何かありました？」

相変わらず鋭い、ど直球な泰誠の問いが返ってきた。

「え、な、なんで？」

とっさの事につい口ごもってしまう。泰誠の瞳がキラリと光ったような気がする。

あ、これは何か勘づかれたなと、観念する。

「いえ、殿下がどこか覇気《はき》がなくて」

困ったように言われて、翠玉は苦笑する。

「ない、わけではないけど」

特に喧嘩をしたりしたわけではないので、何かといわれると説明ができない。

しかし翠玉のその返答を聞いた泰誠が苦笑する。

「同じことを言うのですね」

「冬隼も？」

意外な言葉に目を丸くする。はい、と泰誠は困ったような表情で頷く。

「どこかお寂しそうです。それに、奥方様は落ち込んでいますよね？」

思わずうっと、息を呑む。

流石泰誠だ、鋭い。

驚いていると、泰誠がクスっと笑う。

「更に感心させて差し上げましょうか？　どうせ、兄上様か自分か好きな方を選べって言われたんじゃないですか？」

顔を覗き込むように言われて、彼の顔を慌てて見上げる。

「聞いていたの⁉」

ははは、と泰誠が声を上げた。

「勘ですよ！　長年の！」

そう言って彼は、困ったように息を吐く。

「あの人、すぐ飲み込むんです！　自分の意思は隠して譲るんですよね。まぁ生まれた時から帝位を望む事すらなく、兄上様にも譲っていたようなものですしね」

そばで見ていてもどかしい思いをした事が多かったのだろうか。その瞳は少し悲しげだった。つい、例の気になっていた件も聞いてみようかと、好奇心がうずいた。

「えっと、泉妃も？」

翠玉の問いに、一瞬泰誠が固まり、そして何やらソワソワしたように慌て出す。

「知っていたのですか⁉　どちらでそれを……」

そんなに意外な事なのかと不思議に思いながら
「少し小耳にね！」

なんでもない事のように言ってやると、今度は泰誠が観念したように息を吐く。

「まだ若い頃のことです！　今は全く引きずってはいないですから！」

「分かってるわ」

安心させるように、小さく笑う。時々割り切れない気持ちが覗く事はあるのだが、それを今言っても仕方ない。

翠玉の返答をそのまま受け取ったのか、少し安堵したように泰誠が息を吐く。

そしてまた困ったように肩を下げる。

「まだ若い頃ですら、人に譲っていたのです。今の方が更に我慢強くなっていますし、色々な立場も理解されているので」

最も近い位置で側から見ている彼に、冬隼がそう映っているのはなんとなく理解できる。しかし。

「でも、冬隼にとって私はそれほど重要でもないのじゃない？」

言葉に出して、思いの外、沈んだ声が出た事に自分でも驚いた。

自分の中で随分と悲しい出来事だったのだなぁと、改めて自嘲《じちょう》する。

「は⁉　え⁉　どういう事ですか⁉」

しかしなぜか、それを聞いた泰誠が急に動揺しはじめる。

「嘘だろ⁉　この期に及んで？　何してんだあの人！」

ついでに何やら、ごにょごにょ言っている。しばらく見守っていると、彼は何かを考え込み出す。普段気長な泰誠にしては少しイライラしている様子も窺える。

最終的に、彼の中で整理がついたのか、「分かりました！」と声を上げて翠玉に向き直る。

「それ、同じ言葉をそのまま殿下にご自分で聞いてみてください！」


自室に戻ると、一人座椅子にもたれかかって悶々と考える。

気がつくと、茶と菓子を運んできた陽香が、こちらを心配そうに伺っていた。

「兄上様が見つかったのに、どうして奥様はそんなに浮かない顔をなさっているのですか？」

そういえば、最近になって陽香は翠玉の事を奥様と呼ぶようになった。

姫から奥様へ。翠玉が冬隼の妻となり、この家のもう一人の主人として背負うものや、立場が変わったのだという事だろう。

それが今、翠玉にはなぜか皮肉な響きでしかなかった。

形式上の妻になっても、自分と冬隼の関係性は何も変化していないのだ。それどころか、解消する運びになる可能性もある。

「うん、色々ね……」

短くそう返すと。更に心配そうな陽香の視線が翠玉を見つめた。

幼い頃から近くにいた乳母《うば》だ。彼女に隠せるはずがない。

ため息を吐いて、身体を起こす。

「ねえ、陽香はどうして私についてきてくれたの？」

「あなた様を放っておけませんでしたから！」

間髪を入れず、キッパリとした返答が返ってきて、苦笑する。そういえば、この乳《う》母《ば》は、翠玉の嫁入りが決まった時にも、こうして直ぐ返答をしてくれたのだった。

「でも最後は、私があなた様のお側にいたかったからです」

そう言って。翠玉の足元に屈み、下から翠玉の顔を覗き込んでくる。

「嫁《とつ》ぎ先がどんな場所で、私達はどんな仕打ちにあうのかも分かりませんでしたが、私は姫様のお側を離れたくなかった、それだけにございます」

励ますように、翠玉の頬を撫でる。幼い頃、特に母を亡くしてから、この手が幾度となく翠玉を慰めてくれたのだ。

静かにその手に手を重ねる。そのまま両手でその手を包む。

「ありがとう、陽香」

翠玉の言葉に陽香は首を振る。

「私は翠姫が幸せでいてくださる事が一番嬉しゅうございます。あとはお子の顔が見られたら、もう思い残す事はございません」

そう言って固く翠玉の手を握る。

「そ、そう」

笑顔の裏に、なかなかの強い圧を感じて、たじろぎながら逃れるように、その手を離した。

手を離された陽香は「楽しみにしております」と笑いながら、翠玉から離れる。そのまま翠玉の脱ぎ捨てた服を回収すると、終始ニコニコしたまま退室して行った。

「子供、かぁ」

一人残された翠玉は、また座椅子にもたれかかりながらぼんやりと呟く。子を産むのなら、冬隼の子を産みたいと思ったのは確かだ。

しかし、兄についていけば、別に無理に子を持つ必要性もないのだ。

以前翠玉が拘《こだわ》っていた母の生きた証として、その血をつなぎたいという目的は、兄の蓉芭の子らがいるのだから、さほど拘《こだわ》る必要がない案件となってしまった。

「私が、本当にしたい事、いたい場所、か」

ぽつんと呟いた言葉は、誰が受け止めるでもなく、部屋の中に消えていった。

◆

自邸に使いを頼んでいた泰誠が戻ってきて、連絡事項のやり取りを行う中。

「あ、そうそう奥方様から伝言です」とさらりと言われ、途端にどこか身構えている自分がいた。

当然といえば当然なのだが、その内容がなんの事はない業務連絡で、ほっと胸を撫で下ろす。何をいったいビクビクしているのだと、内心情けなくなる。

「そうか」

短く頷いて、取り掛かっていた書類に再度目を通す。

一行も読まないところで、何やら視線を感じ顔を上げれば……

とてつもなく不満げな表情を隠そうともしない泰誠が、こちらをじっとりと見ていた。

「どうした？」

普段ならば、さっさと書類仕事を片付けろと煩いはずなのだが。冬隼の言葉に、泰誠は「はぁ～やれやれ。もうこの人は！」と苛立たしげに大きなため息を吐く。

「どうしたではありません！　なぜ奥方様にお前が必要だと言わないのです！」

バンと卓を叩かれて、冬隼は慌てて筆を持ち上げる。

「ど、どこで聞いたんだ？」

朝に一度、翠玉と何かあったのかという趣旨の事を聞かれたが、自分は一切彼には話をしていないはずだ。

そうであるならば、あとは一つ……

そう思い至ったところで、泰誠はまた大きなため息を吐く。

「そんなの、この状況とあなたの様子を見ていたら分かります！　何年お側にいると思っているんですか‼　どうせ殿下は話して下さらないのだから、奥方にカマかけたらまんまと引っかかりました！」

「やはり翠玉か。あいつはなんと⁉」

咄嗟に喰い気味に聞いてしまって、はたりと考え、首を振る。

「いや、やはりいい。お前の口から聞く事でもないな」

翠玉の口からはっきり聞くべきだ。そうでなければ、自分はきっと諦めがつかないだろう。自嘲《じちょう》して、再度書類に目を落とす。

ダンッ。

「迷ってます！」

再度卓を強く叩かれ、驚いて泰誠を見る。

いつもどこか飄々としている彼にしては珍しく、随分怒っている。

「あなた自身にとってご自分が必要なのかが分からないそうです！　なぜ、伝えないのです‼」

「伝えて、あいつの判断を鈍らせたくないんだ」

一つ息を付き、小さく首を振る。

それを聞いて、泰誠が対面の椅子にどかりと座ると、こちらをじっとりと睨んでくる。

「またお逃げになるのですか？」

「逃げる？」

意味が分からず泰誠を見返す。

「紗蘭様の時のように、ご自分の気持ちは隠して、ただ指をくわえて譲るのですか？」

「さ!?　どれだけ古い話を出すんだ!!」

慌てて辺りを見渡す。今更だが幸いこの部屋には二人だけだ。

自分にとっては泉妃の事はもう十年以上前に片が付いているのに、今更なぜそれを蒸し返されるのか。そう思って抗議しようとするのだが。

「その古い話の頃から成長してらっしゃらないからでしょうが！」

泰誠が吠えた。滅多に見ない姿に唖然とする。

「奥方のため、ご自身の判断に委ねたいというのであれば、すべての条件を並べて選ばせるのが筋でしょう！」

「すべての、条件？」

ぽかんと聞くと、泰誠が大きく頷く。

「禁軍や御立場のあり方については、奥方様は十分分かっておいでです。分からないのは、あなたの妻として、あなたが奥方様をどのように思っているのかです！　あなたのお気持ちを知らない上で公平な判断をして欲しいというのは、優しいようにみえて卑怯です！　そりゃお相手は実の兄君だし、十年越しでも絆は深いと思います。勝ち目は薄いかもしれません」

突き放すように言われて、思わず苦笑する。

「はっきり言うなよ……」

一番不安に思っている事をハッキリと形にされた気がして辟易する。

そんな情けない言葉に、もう一度泰誠が呆れたように深く息を吐く。

「欲しいものは欲しいと、言っていいんです！　そんなところで我慢しないで下さい！」

しばらく沈黙が流れ、二人で睨み合う。

「分かった……すまんな」

ぐうの音も出ないくらいの正論に白旗を上げるしかなかった。

「絶対ですよ！　きちんと話し合って下さいね！」

念を押すように言うと、泰誠は「演習視察してきます！」と鼻息荒く、勢いよく立ち上がって執務室を出て行こうとする。

その背中を見ていて、つい少しだけ足掻きたくなった。

「しかしお前、好き勝手言ってくれたが、随分と自分の事を棚にあげてないか？　鈴明がいる間、邸にもほとんど来なかったのはどいつだ？」

反撃までとは言わないが、やられっぱなしも癪《しゃく》だ。扉の前で、泰誠がピタリと止まり振り向いた。気味が悪い事に、その顔には笑みが浮かべられている。

「やはり気づいていましたか？　僕の場合は身分が違いすぎます。鈴明様の洟《はな》もかかっていなかったのですから、問題外ですよ！」

それよりも今はご自分の事を考えて下さいね！　今日は絶対に早くご帰宅いただきますからね！

まるで挑戦するように言い残され、冬隼は筆を降ろして項垂《うなだ》れた。

泰誠の言葉には、一つも間違ったところはなかった。それどころか古傷まで引っ張り出されて、グサグサと痛いところを突きまわされた。

確かに、今まで自分は逃げてきた……否、その時はそれでいいのだと納得してきたし、今でもそれで良かったのだと思っている。

長兄が帝位に就いたからこそ、今の安定した内政がある。雪稜も冬隼も己を活かせる場所で力を振るう事ができている。

泉妃もしかり、もともと昔から惹かれあっていた長兄と彼女の間に冬隼が入り込む隙などなかった。幸せそうに微笑み合い穏やかに過ごす彼らを見るたびに、自然とこれで良かったのだと救われる気持ちになっていた。だからこそ、この件についてはとうに折り合いがついて過去のことだと思っていた。

では、翠玉はどうだろうか……。何より願うのは彼女が彼女の選んだ場所で輝く事だ。

それが自分の手元にいなくとも……

「平気……ではないな」

思わず自嘲《じちょう》する。

泉妃の時のように、これで良かったのだと、思える日が来るとは思えない。

自宅へ戻り、すぐさま翠玉の部屋へ向かう。

扉に背を向けて座っていた彼女は、地形図の前で碁石《ごいし》を動かしていた。

「お帰り、早かったのね？」

振り返って冬隼の顔を見るなり翠玉の顔が引きつったのが分かり、心の中で若干傷つく。回り込んで、窓辺の長椅子に腰掛ける。

「昨日の事で、少しお前に話があって、な」

そう言って彼女を見ると、少し緊張した面持ちで、彼女が頷く。

「私も、丁度良かった」

パチンと碁石《ごいし》を一つ動かすと、翠玉が背筋を伸ばした。

自然と自分もつられて背筋が伸びた。

「そちらから聞こうか？」

先に自分のしたい話をして拒まれたら、その後の彼女の話をまともに聞ける気がしなかった。翠玉が静かに首を振る。

「冬隼からどうぞ？」

「いや、お前が先でいいよ」

「でも、話あって先に言ったのは冬隼だし」

困ったように笑われて、言葉に詰まる。確かに先手を打ってしまったのは自分だ。

顔を見合わせて、互いに少し冷静になる。よくよく考えると、今のやり取りを可笑しく感じてそれぞれ笑い出す。

「お茶でも淹れようか！」

「そうしてくれ」

翠玉が茶器を出しに立ち上がり、待つ間にふと手元に広げられた地形図を眺める。

朝と碁石《ごいし》の配置が変わっている。

また何か策を練っているのだろうか。彼女が何を考えて、この配置に展開させたのかを考えていると、茶が運ばれてくる。

それぞれ茶を一口ずつ飲むと、再度向き合う。

ここまで来たならばジタバタしても仕方がない。

「昨日の事だが」

コン、コン。

口火を切ったところで、扉を叩く音が室内に響いた。なんと間の悪い。

人払いをしてあるはずだが、それを越えてくるということは……

仕方なしに立ち上がると扉を開く。

男が足元に膝を付いて、頭を垂れている。冬隼の身の回りの事を担う下男の一人だ。

「どうした？」

「皇帝陛下から火急の知らせとの事です」

そう言って、書状を差し出してくる。すぐに受け取り開いて読めば、人払いなど無視してすぐに声をかけてきた意味が分かった。

「すぐ宮廷に行く。馬を使う、準備を頼む」

書状から目を離さず下男に伝えると、「承知致しました」と深く礼を取り、足早に去っていった。

「どうしたの？」

一連の様子を見守っていた翠玉が不安げにこちらを窺っている。

「緋堯が陥落したそうだ」

冬隼の言葉にガタリと彼女が椅子を押して立ち上がった。

「動いたのね？」

彼女の深刻な顔を見て、頷いてやる。

「とにかく、雪兄上のところに行って確認してくる。お前は、この事を義兄上にもお伝えして、ついでに蘇家にも使いを出してくれ！」

「分かったわ！　いってらっしゃい！」

指示を出すと、彼女が大きく頷く。それを確認して、室を後にする。


冬隼が宮廷から戻った時、翠玉は義兄と庭で打ち合いをしていた。

夕餉《ゆうげ》も食べず、冬隼を待っていたというので、そのまま二人で夕餉《ゆうげ》を取ることにする。

「どうやら堯雅浪は無抵抗だったらしい、そのかわりまだ幼い皇帝を静養との名目でどこかに隠したらしい」

膳を前に人払いが済むと、すぐに冬隼が口火を切る。

「これで緋尭国は紫瑞国の属国《ぞっこく》になった、ということね」

翠玉が唸るように言う。

三人とも、まだ膳に手を出す気にはなれなかった。

「事実上、緋堯の主権が董伯央に移ったという事だ。少しは抵抗するかと思ったが……」

義兄の言葉に翠玉が、首を傾げる。

「でも、皇帝を隠すなんて、思い切ったことをするわね」

素直に降伏したが、皇帝がいない。紫瑞国を怒らせかねない事をなぜあえてしたのか。

「あの噂は、本当なのかもな……」

考え込むように唸る義兄の言葉に、翠玉と顔を見合わせる。

「噂？」

意味を測りかねていると、その視線を受けた義兄は「あぁ……」と頷く。

「堯雅浪は、先帝である実の兄に随分と心酔《しんすい》していたらしい。兄の亡き後は、その子である今の皇帝を誰よりも大切に育て、支えていると。おそらく貴国との戦もその想いを利用されて、起こしたのではないかと。そして今回彼は、皇帝の立場とかそんなものより、兄の残した大切な甥《おい》の命を取ったのだろう」

まぁ、相手は大国だ、国民の無駄な血を流す事も避けたのかもしれんが。と補足をして、義兄は冬隼と翠玉を順に見る。

「属国《ぞっこく》になる事によってとりあえず、文字通り皇帝の首を繋げたらしいな」

そんな状況が国として今後どうなっていくのか、先行きはどう考えても暗い。

あの切れ者董伯央が黙っているわけがない。

しかし。

「まずいわね」

翠玉が低く唸る。

「あぁ」

彼女の懸念している事に思い至った冬隼も頷く。

「どうした？」

二人を見比べた義兄が眉を寄せる。そんな彼を見て、翠玉と顔を見合わせ、視線で申し合わせる。どうせ彼にはその内、分かってしまう事である。

翠玉が意を決したように口を開く。

「堯雅浪や緋堯軍があちらの傘下《さんか》に入ったので、あれば私の事は董伯央に知られる可能性があるわ」

「お前、何かしたのか？」

途端に義兄の顔が引きつる。それだけでなんとなく察したのだろう。彼は十年離れていたとはいえ流石、彼女の兄である。

「いや、うん、まぁちょっとね」

ハハハと乾いた笑いを漏らして、翠玉が視線を逸らした。

「さすがだな！　とりあえずあちらには、只者《ただもの》じゃない妻がいると知れたわけだ！」

先の戦で、翠玉のした事を一通り話し終えると、義兄は盛大に笑った。

「驚かないのね……」

「実はな、作戦を聞いた時から、これはお前が咬んでいるだろうと分かっていたさ」

ククク ッと笑いを噛み殺しながら言われ、翠玉はなんとも言えない複雑そうな表情を浮かべている。冬隼はといえば、長い年月を離れて過ごしていても、やはりこの人は翠玉の兄なのだと感心してしまった。

「壁の爺さんの秘蔵っ子だ、これくらいの事は思いつくだろう！　まさか敵陣に直接乗り込むとは思わなかったがな！」

義兄の言葉に、翠玉がうぅっと呻く。

「それは作戦じゃなくて、不可抗力だったのよ～」

図らずも作戦の後押しをしたが、完全に偶然の産物だったのだ。いくら翠玉でも、はなからそんな捨て身の作戦は立てないはずだ。

「しかし、お前のそれが紫瑞側に知れるのは、俺としても歓迎できないなぁ」

ひとしきり笑って、しかし気を取り直したように唇を引き結んで義兄が何やら考えこみ出す。

「紫瑞と、清劉は同盟国というほどではないが、しかし国交はある。清劉の重要な知識が湖紅に流れている事を知ったら、清劉での作戦に翠玉を使えなくなる。未だあの国には壁杜朴《へきとぼく》に近づく知将《ちしょう》はない。危機感から、必ず翠玉を消しにくるだろうな」

それは十分に有り得る話であると冬隼も懸念していた。

ひょっとすると、今翠玉に執拗《しつよう》に刺客《しかく》が送られてきているのも、そちらからの可能性もあるのではないかと、疑っているところではあった。

「とにかく、何か策を講じなければならないだろうな」

冬隼が呟くと、二人も揃って頷いた。

◆

湯あみを済ませて、身支度を整え寝室に戻る。しかしそこに冬隼の姿はなかった。

そういえば、話をしようと互いに思っていたのだが……

もう夜も深い上、興を削がれたのもあるが、それぞれ考えねばならない事が増えて、それどころではなくなってしまった。

冬隼は明日の調整とやらで、まだ執務室にいるだろう。彼がここに戻るのがいつになるかわからない。仕方ない、今日は先に寝よう。

寝台に入りゴロリとゴロリと寝返りを打つと、卓上の碁石《ごいし》が目に入った。

まさか緋堯国で敵陣に潜入した事が、今になって響いてくるとは……

懸念はしていた。しかし騙されたとはいえ、小国でありながら、自国を守るために我が国に侵攻してきた緋尭国が、簡単に董伯央に国を明け渡すとは翠玉も想定していなかった。

先の戦で思いの外、彼《か》の国の兵力を削いでしまったのかもしれない。

そう考えると、それも董伯央の手の内だったのではないかと思い至る。

ざわりと肌が粟立《あわだ》つ。

そうであるなら、董伯央が翠玉という隠し球を考慮した上で策を展開してくるのではないか。

何か、裏をかいてくる可能性は高い。

勢いよく跳ね起きる。そのまま寝台を踏み、弾みで卓の前に降りる。整然と並べていた碁石《ごいし》をガチャリと握る。

何か……何か策はないだろうか……

◇

「まさか、翠玉殿の兄上であったとは」

会談の場で顔を合わせると、雪稜も皇帝も驚きを隠せない様子で、翠玉と兄――蓉芭を見比べる。

簡単にこれまでの経緯を説明して、すぐに本題に入った。

提案事項については碧相国宰相《さいしょう》の徐瑛哲《じょえいてつ》が、話を取り仕切る形で進行していった。

碧相国の宰相《さいしょう》――徐瑛哲は、歳は四十代で、目立たぬよう湖紅風の官服に身を包んでいるとはいえ、中肉中背のどこにでもいそうな、いいところの旦那という様相で、その肩書を疑いたくなるくらいに平凡すぎる雰囲気を纏っている。

そんな姿ではあるが、曲者《くせもの》と名高い碧相王を操っているのは実質彼なのだという。

その平凡な姿の奥は底知れない。

話を聞いてまず厳しい顔で唸ったのは、皇帝であった。

「我が国としても、紫瑞が不穏な動きをしている今、清劉に憂いがなくなるのはありがたい事ではあるが。実際にどれだけの勝算をお持ちか？」

その言葉に徐瑛哲は、そうですねと軽く頷き、指を三本立てて見せる。

「三つ条件が揃えば可能かと。まずひとつに、貴国の協力。ふたつに翠玉殿の協力。最後は清劉の禁軍の協力」

「清劉の禁軍？　そんなところと通じているのですか？」

　雪稜がにわかに信じられないという様子で問う。

　これに口を開いたのは、徐瑛哲の隣に座っていた兄である。

「ほんの一部ですがね。今の清劉の皇帝は軍事《ぐんじ》にはあまり興味がなく、自分を守るための都合のいい武力としか思っていない。そのため、当然禁軍には不満も多い。そこについては昔馴染みが見繕って集めてくれています。ですから問題はあとの二つです」

「具体的に我が国は何をしたらいいのだろうか？」

　皇帝の言葉に、碧相の二人が同時に頷く。

「その日に向けて、少しずつ私の部下を中心とした碧相の兵を、行商《ぎょうしょう》や僧と装って清劉国内に入れるつもりです。ですが、碧相側ばかりから多くの人間が入っていくのは流石に怪しまれます。そのため、貴国側からも我が軍の兵を入れていただきたいのです」

「なるほど……しかし、そんなに他国からの人間を流入させて大丈夫なのですか？」

　そこまで疑問を呈して雪稜がハッと顔を上げる。

「まさか……」

彼が何に思い至ったのか理解したらしい徐瑛哲が、口元を緩め大きく頷く。

「そのまさかです」

翠玉も含め、他の湖紅側の面々はまだ意味が分からず、訝しげな顔で彼等を見る。

「来年、清劉は現皇帝即位十年の節目《ふしめ》となります。それに合わせて祝賀《しゅくが》が予定されているのです。祝賀《しゅくが》となれば、人も物資も多く入る。行商《ぎょうしょう》も、楽士も人が集まるところに集まるので、外国から様々な人間が流入しても不自然はございません」

「なるほど……」

徐瑛哲の説明に皇帝が感心するように呟く。

「では、翠玉殿は？」

雪稜の問いに頷いたのは兄だった。背筋を伸ばし、真っ直ぐに皇帝と雪稜を見る。

「貴国から祝賀《しゅくが》の使者として派遣していただきたい。自分は後宮から離れて十年以上経っていて、今の皇帝の後宮を知りません。彼女なら詳しいと思うので」

その言葉に翠玉は息を吐く。

「まぁ、どこに誰がいるかくらいは把握しているけど……変わっていなければよ？」

まだ彼《か》の国の後宮を離れて一年も経っていない。おそらく変わりはないのだろうが。

翠玉の言葉に、「問題ない」と兄が軽く頷くと、真っ直ぐ皇帝を見つめる。

「いかがでしょうか。皇帝陛下には劉妃がおりますゆえ、やり辛い部分はあるかと思いますが……」

みなの視線が皇帝に注がれる。

「そうだな……」と皇帝が低く唸り、しばらくの沈黙があった。

「たしかに、劉妃は我が妃で惺皇子の母ではある。それに現清劉帝は彼女の実の兄君だ。とはいえ彼女が嫁《とつ》いでから、それを理由に国交が回復したわけでも、便宜《べんぎ》を図ってもらった事もない。特に義理立てする必要はないかと思うが、惺の後ろ盾がなくなるのは気の毒だ」

「劉妃の出方次第ではございますが、私がそのまま後ろ盾をお約束しましょう」

素早く兄が言い添える。

清劉国の現皇帝は劉妃の同腹の弟であるため、確かに強力な後ろ盾ではあった。しかし、ここ数年。清劉国と湖紅国には翠玉達の婚姻以外、目立った交流がない。

確かに惺皇子の背後には、清劉国があるのだが、その存在感は薄い。

兄が皇帝となり、清劉国と湖紅国の関係も改善される事になるのならば、逆にそちらの方が皇子にとっては頼もしい後ろ盾となるような気もするのだ。

その場の誰もが、その力関係は理解できているようだった。

「たしかに、あなたに皇帝になっていただけたら、碧相と清劉三国の強靭《きょうじん》な結束となろう。それに碧相は、宰相《さいしょう》のあなたが出てくるという事は本気なのですね？」

皇帝が徐瑛哲に視線を向けると、彼は「はい」としっかりとした声で肯定を示す。

「蓉芭殿の身元が明らかになってから、我が王は彼を優秀な統治者に育てるために手を尽くしてまいりました。彼の即位には支援を惜しまないと。もちろん即位の後は、新帝である彼と清劉の民の政に口を出すつもりはございません」

決して清劉国を属国《ぞっこく》にするつもりはないのだと言いたいのだろう。

「とはいえ、大々的に戦を起こしていたのでは、紫瑞がこちらの意図に気づいて、手を入れてくるでしょう。一晩で事を済ませなければなりません」

その言葉に、翠玉はハッとする。

「祝賀《しゅくが》の時であれば、紫瑞からも要人《ようじん》が来るでしょうね。もしかして……」

その言葉に徐瑛哲と同時に兄が頷いた。

「おそらく、董伯央が来る確率は高い。次の戦の結果次第ではあるが、やつは清劉を引き込むためにこの機会を逃さないだろうな。上手い事すれば、混乱に乗じてそこで奴を消す事もできるやもしれない」

紫瑞国は、董伯央を失えば求心力が落ちるのは明白である。他国を侵略できるような力は残らないだろう。

しばらく沈黙が流れた後、皇帝と、雪稜が顔を見合わせた。

そして、皇帝が頷くと、その意を理解したらしい、雪稜が口を開く。

「我が国の立場として、これを断る理由はないでしょう。しかし、清劉の祝賀《しゅくが》まで一年と少ししか期間がありません。問題は、次の戦が、それまでに終わるのかどうかです」

そう言って自身の隣に座る、皇帝以外の全員を見渡す。最後に兄に目をとめて……

「貴方も、翠玉殿も皆、戦場は離れられないだろう。肝心の伯央も」

それを理解するように、兄が微笑を浮かべる。

「そうなのです。そればかりは謀りかねる。ゆえに、この度の戦は六ヶ月以内で停戦したいと考えております。貴国にもそのつもりでいてほしいのです」

「可能なのか？」

皇帝が訝しげに呟くと、その場にいた武人である三人はなんともいえない顔をする。

「やれない事はないと思います。ですが、確証はありません。相手は董伯央ですから」

兄が説明するのを、翠玉はその通りだと頷くしかなかった。

「時間がかかるならば、碧相は代替えの将の用意がございます。我が軍の総指揮の具岳園を出すつもりです」

「岳園殿なら、不足はないな」

冬隼が唸る。

「うちからは翠玉しか出せない、流石に女性皇族一人では……」

たしかに冬隼と翠玉が二人で戦線を離れる事はできない。かといって、もともと彼《か》の国の皇族ではあるが、女性である翠玉一人が祝賀《しゅくが》の使節としていくのは、流石に清劉国に失礼となる。

「じゃあ、私が行こうか」

スッとその場に白い手が上がる。雪稜が手を挙げたのだ。

「兄上、ですが」

とんでもないと抗議しようとする冬隼にむけて、雪稜はその挙げていた手を下ろし、彼の顔の前で止めて黙らせる。

「もちろん護衛は付けてくれるだろう？」

何かを含ませたような言い方で彼に笑いかけている。冬隼を見ると、彼も次兄が言わんとしている事を理解できたらしい。

「分かりました」

素直に冬隼が頷いたので、烈の事をいっているのだろうと翠玉も理解できた。

「私達は明日にでもこちらを発ちます」

話の大筋がまとまると、兄と徐瑛哲は背筋を正してそう宣言した。

「道中お気をつけて」

皇帝が声をかけると、二人は深く叩頭する。

「今回の事は、くれぐれも」

念を押すような徐瑛哲の言葉に、皇帝が力強く頷く。

「劉妃筋には漏れないように注意しよう」

「ありがとうございます」

二人が深々と礼を取り、非公式の会談は終了となった。

話が終わると、冬隼は禁軍へ戻って行き、翠玉は兄を伴い、邸の方へ戻る。

その道中。馬車の中で、翠玉は少し何かを考えて、徐《おもむろ》に兄を見る。

「ねえ兄様、お願いがあるのだけど、聞いてくれる？」

◆

禁軍での一日の仕事を終えて帰宅すると、冬隼は自身の執務室に向かった。

ここ数日、目まぐるしく色々な事が起こり、いささか疲れた。

人の少なくなった回廊を歩きながら、大きく息を吐くと天を仰ぎ、額に手を当てる。

頭の奥が重たい。疲れからくるのか、もしくは様々な厄介な現状からくるのか。

まずは目前に迫る戦を、半年以内で終わらせなければならない。

そして、清劉国の玉座が義兄の手に渡った暁には。翠玉が手元からいなくなる。狙い通り、董伯央を討てたのならなおの事、しばらくこの国が巻き込まれるような戦はなくなるはずだ。そうなれば、彼女の才能をこの国で使う機会はなくなる。

皇帝の変わった清劉国はしばらく忙しいはずだ。彼女の能力も、そして立場も存分に活かせよう。彼女にとって、やりがいがある場所はどちらかは明白だ。

それまでに翠玉が、こちらを選ぶ何かを見出す事があるのだろうか。

泰誠の言葉が蘇る。自分の気持ちが、彼女の選択をさほど左右するとも思えないのだ。

もう一度大きく息を吐く。

着替えをする気にもなれない。夕餉《ゆうげ》まで少々時間がある。しばらくぼんやりしようか……

力なく自室の扉に手を掛ける。

その時、なんとなく違和感を覚えた。室内に人の気配がする。扉を開けて、すぐにその主が分かる。翠玉だ。使われていない寝台にゆったりと腰掛けて、どこから出してきたのか、分厚い書を膝に乗せている。

「珍しいな、どうした？」

驚いたのだが、なんでもないように繕って室内に入ると、翠玉の座る寝台に近づく。

彼女が閉じた書の題名を見て、気分が沈む。

我が国の成り立ちと、他国との関係の歴史を考察したものだ。

彼女の目線はすでに、国の外に向いているというのだ。

「お願いがあって」

見上げてきた彼女は、真剣な面持ちで、思わず冬隼は息をするのを忘れた。

嫌な予感がした。

「私、兄様と行きたいと思うの」

彼女の決断は、思ったより早かったらしい。

「そう、か……」

呆然としながらも、口から出たのは、この一言だった。

「分かっていたの？」

意外そうな顔で翠玉が見上げてくる。

「なんとなくそうじゃないかと思っていたさ」

自嘲《じちょう》する。胸の奥に何か重たいものがどんよりと落ちてきて鳩尾のあたりで止まる。

息があまり上手くできなかった。

こちらの気も知らない彼女は、ふっと息を吐いて、微笑する。

「流石ね」

感心しているようだ。まるで冬隼がそう答える事を知っていたかのような様子に、反射的に目を逸らす。

「着替えるぞ」

彼女に背を向け、上掛けを脱いで寝台の横の椅子に投げる。着替える気も起きないのだが、ここで彼女と話をしていると余計な事を言ってしまいそうで、怖かった。

「あら、失礼」

こちらの気も知らない翠玉は、戯《おど》けたように微笑んで、寝台から立ち上がる。なんでもないような顔で「これ、借りて行くわね」と膝に置いていた本を持ち上げて、くるりと背を向けた。

彼女にとって、所詮自分はその程度だったのか、と落胆する気持ちが胸に込み上げる。いくらなんでも、もう少しくらい名残惜しそうにしてくれると思っていたのだが。

自分の考えの甘さにほとほと嫌気を覚えながら、緩慢《かんまん》な動作で帯刀《たいとう》した剣を腰紐から抜きとり、卓の上に置く。

その様子を見た彼女が、出口に向かう足を止めたのは、視界の端でなんとなく視認した。

「ねぇ、どこか調子でも悪いの？」

訝しむように背中に疑問が投げかけられる。

「疲れているだけだ」

打ち返すように返答すると、思いの外強い口調になってしまった。

その言葉が、意地になっているように聞こえたのか、戸口に向かいかかっていた彼女が、完全に向きを変えてこちらにツカツカと歩いてくる。

「大丈夫なの？」

頼むから一人にしてほしい、これ以上傷を抉られたくないのだが。そう思いながらも大きく息を吐いて、彼女に向き直ると。

ヒヤリとした彼女の小さな手が頬を包んだ。

思いの外、彼女の真剣な顔が近くて、喉まで出ていた言葉ごと息を呑んだ。

「熱はなさそうね。でも顔色があんまり良くないわ。やっぱり、最近忙しかったものね」

顔を包んだまま、大真面目にそう言った彼女は。

「私が留守の間くれぐれも無理しないように、泰誠にも言っておかないとね。あっちで合流したら、あなたがフラフラで使えないなんて洒落《しゃれ》にならないんだからね？」

叱るように冬隼をねめつけるのだ。

留守？　合流？

彼女の言っている意味が分からず眉を寄せると、翠玉は大きくため息を吐く。

「どうせ私が居ない間は、ここで寝るのでしょう？　そうなると、いつにも増してあなたは仕事と休息の線引きができなくなるに決まっているもの」

居ない間？　ますます意味が分からなくて彼女をじっと見つめる。

困った子供に呆れているようなその顔をまじまじと見ながら、なんとなく冬隼は、ある疑念を持つ。

「待て……」

慌てて彼女の両肩をつかむ。しっかり筋肉がつきながらも華奢《きゃしゃ》なそれを壊さないように力を抜く。驚いてこちらを見上げる彼女を見て、一度天を仰ぐ。

もしかしたら、彼女と自分の間に重大な齟齬《そご》が生まれているのではないか。もう一度、頭の中を素早く整理して、ゆっくりと翠玉に向き直る。

「義兄上と行くというのは、いつの話だ？」

冬隼の問いに翠玉は、うーんと唸る。

「二、三日後くらいが妥当だと思っているけど、早いかしら？　蒼雲と泰誠に色々申し送るのに必要な時間がそれくらいかなって思っているのだけど、甘いかな？」

その言葉を聞いて思わず深く、深く息を吐き、その場に脱力する。突然座り込んだ冬隼を、翠玉は慌てて支えようとしたのか一緒に座り込んだ。

「大丈夫なの⁉　ちょっと横になる？」

心配そうに覗き込む彼女に大丈夫だと、首を振る。

「とりあえず、お前の頭の中にある流れを言ってみろ」

言い聞かせるようにそう言うと、彼女は抗議したそうに一度口を開いたものの、それを飲み込むように口を閉じる。

そして、諦めたように話し始めた。

「えと、兄様が明日出立するでしょう？　私はできるだけ最短で色々段取りをして、兄様を追いかけて碧相へ行くわ。兄様のもとでしばらくお世話になって、碧相とうちの軍が廿州《じゅうしゅう》で合流する時に、一緒に合流するわ。そうすれば、表向きは私があなたに帯同しているようには見えないと思うのだけど、甘いかしら？」

上目遣いで不安げに聞かれ、冬隼はふぅっと胸の中に澱《よど》んでいたものを吐き出すように息を吐く。

やはり、自分は盛大な勘違いをしていたらしい。

「どうしたの？　やっぱりまずい？」

恐る恐る聞かれて、冬隼は首を振る。

「お前……紛らわしすぎる」

唸るように呟くと、目頭をつまむ。本当に頭痛がしそうだ。

しかし、彼女に文句を言うのも筋違いだ。結局は自分がその事を考えすぎていたからなのだから。しばらくキョトンとこちらを見ていた翠玉が、あぁ、と声を上げる。

「まさか、この前の兄様の即位後の話だと思ったの？」

気づいてしまったか、と思ったがもう遅い。意を決して、真っ直ぐ彼女を見る。

「そうだ。もうお前は早々に決めてしまったのかと思ったんだ」

白状するしかない。彼女が自分より義兄を選んだと思って、沈んでいたのだと。

気まずい思いで翠玉を見上げると、呆れたような、しかしどこか嬉しそうな表情でこちらを見つめている。そしてふふっと笑う。

「そんな簡単に決められないわよ。まだきちんと話もできてないし、あなたに聞きたい事もあるのに」

「聞きたい事？」

今度はどういう方面の内容なのだろうか？　と思って首を傾けると、彼女が少し緊張したように唇を結んだ。

そして、意を決したように、冬隼を真剣な面持ちで見上げた。

「あなたにとって、私は妻として必要ですか？」

◆

意を決して聞いてはみたものの、すぐに言った事を後悔した。

これで、「妻としては、まぁどちらでも」と言われた日には、そのままこの国に帰って来たくなくなるのではないか。

そんな事を思ったのだが。

予想に反して、冬隼からは驚くほど真っ直ぐな眼差しが返ってきた。

ドクンと胸が跳ね、思わず目を逸らそうとするが、なぜか彼の意思を感じる瞳から逃れられなかった。冬隼の手がゆっくり伸びてきて、再度翠玉の両肩に触れる。

「必要だ。参謀《さんぼう》としてではない、俺は、妻はお前でなければ嫌だ」

ゆっくり言い聞かせるように言われて、思わず息を呑む。

彼に肩を掴まれているせいなのか、それとも彼の強い意思を秘めた瞳がそうさせるのか、動くことができない。

そうして息もできず彼を見つめていると、冬隼の瞳が伏せられ、困ったように笑う。

「お前に、俺ほどの想いがないのも分かっている。困らせたな、すまない。これは忘れてくれていい。お前には、お前のための最良の判断をしてほしい」

どこか寂しげな笑顔で、少し早口にそう言うと彼は立ち上がろうとする。

「まって！」

咄嗟に慌てて、冬隼の裾を掴む。考える間もなく動いたため、ついでに自分の着物の裾を踏んだらしい。身体ががくりと下に引かれる。

あ！　と思ったが、時すでに遅し。翠玉に引かれて同じように体勢を崩した冬隼と共に、床に向かって倒れ込む。

あぁまずい、このままでは床に顔を打ちつけると思った矢先、強い力で身体を引き寄せられる。バタバタという音と共に、気がついた時には馴染みのある胸板に頭を抱きこまれていた。

「さ……さすが、いい反射神経だわ」

開口一番に口を出た言葉は感嘆であった。それを聞いてなのか、どうなのかは分からないが、頭の上で大きなため息が聞こえる。

「お前な、戦の前に怪我をしたらどうするつもりだ」

低い声で呆れたように言われる。本当にその通りである。

「ご、ごめん」

いたたまれなくなり、身体を起こす。同じように身体を起こした冬隼に怪我はないかと見上げると、思いの外顔が近くて、胸がざわりと騒ぐ。

しかし、翠玉に見上げられた彼は……どこか気まずそうに視線を逸らした。

『お前に、俺ほどの想いがないのも分かっている』

ふと先程の言葉が脳裏を過った。途端に、胸の奥から怒りが湧いてきた。

失礼な話だ。どういう思いで、こちらが自分が必要かどうかの問いを投げかけたと思っているのか。

この男は分かっていないのだ。

『あの人すぐ飲み込むんです！　自分の意思は隠して譲るんですよね』

泰誠の言葉を思い出す。本当にそうだわ！

だんだん腹が立ってきた。キッと冬隼を睨みつけると、両の手でそのまま冬隼の頬を挟み込み、伸び上がってその唇に口付ける。

こんな事、以前にもあったなぁと思うが、あの時は酔っていた。

そして今は素面《しらふ》である。

悲しいかな、経験が豊富でないため、唇はかすめる程度に軽く触れただけだったが、それでも、次に冬隼の顔を見ると怯まず睨みつける。

「私だって、夫は貴方じゃなきゃ嫌よ！」

怒りに任せて言い捨てる。驚いたような唖然としたような表情がこちらを見下ろしていたので、そのまま挑むように見上げる。

驚きと怒り、それぞれの視線が絡み合う。

はじめは信じられない物でも見るように茫然とこちらを見ていた彼が、次第に戸惑うように目を白黒させる。そして、また視線が合ったかと思うと。

支えるように翠玉の背中に回されていた冬隼の手にわずかに力が掛かった。

次の瞬間、引き寄せられて顎を掴まれると、少々強引な口づけが降ってきた。

流石というべきか、先程の幼い口づけとは随分違った。

それでも翠玉に合わせて、ゆっくり二、三度角度を変えて重ねると。

頭ごと彼に抱き込まれる。自然と彼の肩口に頭を乗せる格好になり、彼の熱い吐息が耳元に掛かる。

「ずっと俺の側にいてくれ」

低い、囁くような言葉がくすぐったくて、温かくて、そして何より嬉しくて……

ふふと思わず笑ってしまった。

「その言葉がすごく聞きたかったわ」

彼の背に手を回すと。

翠玉の身体を抱きしめる冬隼の腕にも更に力が入った。

◇

「しかし、お前のその案は確かにいいかもな」

冬隼の呟きに、彼を見上げて首を傾ける。

「兄様と一旦碧相に行って戦場に向かう案？」

翠玉の問いに、冬隼が「そうだ」と頷く。

「道中は色々な目がある。俺に帯同していればすぐに敵にも情報は漏れるだろう。お前の言う通り、碧相との合流に乗じて本陣に入れば、一部の者にしか姿は見られない。表向きは参謀《さんぼう》の李蒙が動くだろうし、悪くはないな。義兄上に頼んでみるか？」

「あ、それが、もう許可はもらってるのよね」

「は？」

一連の会話は、全て冬隼の膝の上で行われている。

互いに身体を寄せ合って、本当ならば甘い言葉でも囁き合うものなのだが、ここでも戦の話をしている辺りが自分達らしくて笑えてくる。

特に、色恋に免疫《めんえき》のない翠玉の方は、彼の足の間に横抱きに座らされ、背を支えられながら胸に密着している今この状況ですら、実のところかなり緊張しているのである。

あまりに恥ずかしすぎて、なんとか口実を作ってもう少し離れられないか思案するが、冬隼が離してくれる様子はない。

それどころか、そんな翠玉の心中を他所に、彼はどこか安心している様子だ。

「全く……根回しは抜かりないな」

　呆れたように言われて、思わず翠玉は肩をすくめる。

「まぁ、反対される要素はないと踏んでいたし。二、三日でなんとか準備して向かおうと思うのだけど、それでいい？」

「準備、整うのか？」

　どうやら翠玉のやらねばならぬ事を頭の中で勘定したらしく、渋い顔をした彼に翠玉は乾いた笑いを漏らす。

「なんとかするしかないわよね～。まぁ、もう形にはなっているし、最低限はやっていくから、あとは泰誠と李蒙に頑張ってもらうしか……」

　折りよく、そろそろ李蒙が曽州から帝都に戻ってくる頃なのだ。

「まぁ仕方ないな」

　少し思案して、冬隼も頷く。

　それよりも翠玉の存在を敵方に匂わせない方が重要だと考えたようだ。

「あとは、私のいない半月間をどう誤魔化すかよね～」

　首を傾げて、うーんと唸る。冬隼の胸にもたれ掛かる形になって、慌てて首を元に戻そうとする。これ以上密着するのは気恥ずかしい。

　しかし、それを知ってか知らずか冬隼が許さず。翠玉の頭に顎を乗せ、阻止される。

ジタバタしても仕方がないと諦めて、息を吐くと、頭上で彼がくすりと笑うのが聞こえた。これは遊ばれているのではないか？

「里帰りなんて理由は無理があるわよね？　病気とか？」

仕方なしに話を進める。あぁ、と彼の胸越しに振動と共に声が響く。

「それがいいかもしれない。問題はどういう病で説明をつけようか、だな」

たしかにと翠玉も思う。

命にかかわらず、しかし床を出られない。最長でも六ヶ月ほどは伏せる必要がある。

……使いやすいものとしては、懐妊《かいにん》。

翠玉がその考えに至るのと同じくして、冬隼もピタリと動きを止めて沈黙した。同じ事を思ったのだろう。この前まで子をなす事を平気で話し合っていたのだが、ここにきて、なぜかその事に触れる事がとても気恥ずかしい。

「医師に都合が良さそうなものを聞いておこう」

冬隼の言葉に、黙って頷いた。

◆

夜半《やはん》、まだ明かりが漏れる客室の扉を叩く。

すぐに中から、軽い調子の男性の声で返事がある。

「遅い時間に失礼します」

冬隼が入室すると、義兄は中庭につながる窓を背にして卓に座りながら、晩酌をしていて、その少し奥には少ない荷物がまとめられている。

冬隼の詫びに、義兄はなんのと笑う。

「ちょうどいい、最後の夜だ。付き合ってくれ！」

もっとも、おたくの酒だがなとおどけながら杯を差し出される。

頷いて杯を受け取り、酌《しゃく》を受けると卓にもう一つ用意されている椅子に腰掛ける。

「翠玉から聞きました。あいつを宜しく頼みます」

頭を下げると、義兄は酒を一口飲み、杯を卓に下す。

「いつまでの話です？」

こちらを探るように少しおどけた彼は、きっと何かを察しているのだろう。

背筋を伸ばす。

「もちろん、戦場までです」

キッパリと言い切ると、義兄はハハッと声を上げて目尻を下げた。

それだけで、冬隼が言わんとしていることを理解したらしい。杯を持つと、冬隼に向けて掲げる。慌てて冬隼も、手にしていた杯を押し上げて重ねる。

「兄としては、よかったと喜ぶべきでしょうね」

一気に杯を呷った義兄は、有能な人材を失ったのに、どこか嬉しそうだった。

「十年も離れていて言うのもなんですが。翠玉を宜しく頼みます。あいつには幸せになってもらわねば、母や兄弟に顔向けができませんから」

寝室に戻ると、翠玉は寝台に横になり、うつらうつらしているところだったようだ。

冬隼の姿を認めると、とろんとした瞳でこちらを見て、のそのそと身体を起こそうとしている。

「すまない。起こしたな」

彼女の横に腰を下ろし、起き上がるのを制するように彼女の髪の中に手を入れ、耳にかけるようにゆっくり撫でる。

よほど眠たいのか、冬隼にされるがままに、こてんとまた枕に頭を落とす。

「兄様のところ？」

本当に眠る直前だったようで、声が少し掠れていた。

「あぁ、少し飲んできた」

冬隼もそのまま床に入る。

「兄様、なんて？」

見上げてくる彼女に安心させるように笑ってやる。

「お前の幸せが一番だと」

それを聞くと、彼女は「そう」と呟き、くすりと笑う。

翠玉の髪をゆっくり梳《す》くように撫でる。

「責任重大だ」

大袈裟に息を吐いてやると、手の下でクスクスと彼女が笑い出した。

「がんばって！」

「おい、人ごとか？」

呆れて突っ込めば、またクスクス笑う声がした。髪を梳《す》いた手をそのまま彼女の首裏に当てると、少し引き寄せて、その楽しそうに微笑む唇に軽く口付ける。

「ずるいわ」

唇を離して、見つめ合うと、恥ずかしそうに翠玉が視線を逸らす。

意味が分からず、首を傾ける。

「だって上手いんだもん！」

投げつけるようにそう言われる。

「なんの話だ？」

意味が分からず組み敷いた彼女を見下ろすが、拗《す》ねたように視線を逸らすばかりで。

「なんでもない！　気にしないで」

最後は忘れてくれと言わんばかりに誤魔化されてしまった。そういえば、とふと思い出す。前にも同じような事を言っていたな……。冬隼が、女慣れしているとかなんとか。

今思えば、あれはきちんとしたヤキモチだったのだ。

もう一度、翠玉を見下ろす。やはり拗《す》ねた様子のまま視線を逸らしている。可愛いではないか。思わず笑みが溢れてしまい、翠玉がこちらを見る。

「すぐ慣れるさ」

そう笑って、今度は彼女を寝台に縫い止めるように、ゆっくりと、口づけを落とす。

今度は少し長めに。

◇

翌日、義兄は来た時と同様に、あのふざけた面をして、馬車に揺られて帰って行った。それと同時に、翠玉も準備に追われ出す。

昼過ぎに、冬隼が禁軍の本部に戻った時、翠玉は泰誠と打ち合わせをしていた。李蒙への引き継ぎ事項と、稜寧への対応を彼に頼む事になったらしい。

「どうにか、なりそうか？」

通りがかりに声をかけると、思いの外翠玉からは確信を持った視線が戻ってくる。

「殆どが移動の道中の事だし、どうにでもなるわ！　李豪がいてくれるから助かる部分は大きいけれど」

どうやらなんとかなる目処が立ったらしい。引き継いだ泰誠もさほど負担な様子がないところを見ると、安心して良さそうだ。

「さて、そろそろ時間ね！　泰誠ありがとう」

勢いよく翠玉が立ち上がり、自身の席を冬隼に譲る。これから、冬隼と泰誠、柳弦が打ち合わせをする事になっているのだ。

「今度はどこに行くんだ？」

引き継ぎに使った資料をまとめている彼女に声をかけると。

「厩《うまや》よ！　無月の状態を確認しておかないと！」

なかなか分厚い資料をひょいと軽く持ち上げると、「じゃあ！」と言って本部を軽快な足取りで出て行った。

「慌ただしいやつだな」

その背を呆れて見送ると、先程まで彼女が座っていた席に腰掛ける。ふと、横から視線を感じる。

「なんだ？」

その視線の主である泰誠を見れば、彼はニマニマとふざけた笑みをこちらに向けている。

「何か進展がありましたね」

昔から知ってはいたが、やはりこいつは鋭いなと、感心するしかない。

「なぜそう思う」

すぐに認めるのも悔しいので、質問で返してみる。問われた泰誠は、待っていましたとばかりに更にニマリと笑う。聞かなきゃ良かったかもしれないと、若干後悔する。

「だって殿下、今日はすごく機嫌がいいし、奥方もここ数日で一番吹っ切れた顔していますから！」

どうです？　とばかりに説明されて、ため息をつくしかなかった。

二人とも分かりやすかったという事か。

「お前には感謝せねばならんな。しかし、浮かれていられる場合でもないからな」

当の翠玉自身が先駆けて出立するのだ。彼女の身を守るためにも万全に準備を整えなければならない。ボケボケとしている場合ではない。

「大丈夫ですよ！」と泰誠が笑う。

「そこはお二人の事ですから、心配していません！　まぁ、僕の気持ち的にはお赤米を炊きたいくらいですけどね！」

「お前が浮かれるなよ」

呆れてため息を吐くと、彼がそりゃあそうですよと肩をすくめる。

「あなた方がここまで来るのに、どれだけ外野でヤキモキしたと思っているんですか⁉　感慨もひとしおですよ！」

たしかに泰誠には随分世話になったなと思う。

むしろ彼の後押しがなければこの状況は生まれていなかったのかもしれない。そう思うと素直に感謝の気持ちが湧いてくる。

「そうだな。随分と世話をかけてしまった。お前には感謝している」

「はい！　感謝してください」

おどけたように彼が胸を張るので、「調子に乗るな」と軽く小突く。ひとしきり二人で笑って、顔を見合わせる。

柳弦がまだ来ないのを確認して、急に泰誠が表情をひきしめる。

「……ところで、会えましたか？」

その意を理解した冬隼も神妙に頷く。

「あぁ。とりあえずは話をつけてきた」

「彼女、了解したんですか？」

意外そうな泰誠に、冬隼も同じ気持ちで頷く。

「意外と快くな」

「立ち直っているのか……意外と早かったですね」

それは良かったと呟く泰誠は、とても嬉しそうだった。

これで翠玉の出立に憂いはなくなった。

とはいえ、跳ねっ返りの翠玉と、彼女がどんな嵐を巻き起こすのか……

予兆のように背筋がぶるりと寒くなる。

「予定通りの出発で段取りをしても大丈夫そうか？」

帰宅して、それぞれの部屋に向かうため回廊を並んで歩きながら問うと、翠玉が「そうねぇ」と宙見つめる。

「うーん、まぁなんとかなりそうかな、このままいけば、三日後には」

「そうか。とりあえず、あまり無理をするな。長旅になるだろうからな」

出発前に無理をし過ぎて、道中で体調を崩すような事があってはならない。最悪、残った者達でどうにかできるのだ。

そんな冬隼の懸念を含んだ言葉に、翠玉がくすりと笑う。

「分かっているわ。とにかく何か足りない事があったら、あとはお願いね」

「承知した」

頷いたところで、ちょうど翠玉の部屋の前に来た。じっと彼女を見ると、まだ何かあるのかとこちらを見上げて小首をかしげる。

今日一日、仕事をしていての翠玉はいつも通りだった。

もちろん冬隼も普段通りの対応をしたつもりだ。互いにそこは弁えている。

手を伸ばすと、翠玉の頬に触れる。日暮れに馬を駆ってきたせいか、少しひんやりとしている。

「どう、したの？」

不思議そうに見上げてくる彼女に微笑む。

「いや、夕餉《ゆうげ》は一緒に取ろうか？」

そう言うと、彼女が驚いたようにこちらを見上げた。無理もない、このところ忙しさにかまけて、客人や打ち合わせがない限りは別々に夕餉《ゆうげ》を取る事が多かったのだ。

「でも、忙しいんじゃない？」

無理しなくていいと、言いたいのだろう。

榛《はしばみ》色の瞳を見開いてこちらを見上げる彼女に向けて、ゆっくり首を振る。

「それくらい大丈夫だ」

こうして、一緒にいられるのもあと少ししかないのだ。

執務の遅れは、翠玉が発ってから取り戻せばいい。

「でも！」

まだ何か言いたげにしている彼女の頬に沿わせた手を素早く首裏に滑らせると、軽く引き寄せる。

「いやか？」

耳元で囁くと、ぴくりと彼女の肩が揺れた。途端に身体が緊張したのが分かった。

「やじゃ、ない」

やや押し殺したようなかすれた声で、ふるふると小さく首を振る。翠玉の動きに合わせて、彼女の柔らかな香りが鼻をくすぐる。

普段豪快な分、こういう時は随分と萎縮《いしゅく》している。そのまま抱きしめようかとも思ったが、彼女が困りそうな気がして、ゆっくり手を離す。

少し離れて見下ろした翠玉は、どこかほっとしたような様子だった。

前から度々思うのだが、翠玉の反応は随分と男性慣れしていないように思える。

しかし彼女は以前にも……ふと嫌な事が頭の中を過って、思わず自嘲《じちょう》する。

「また、後でな」

昨日までしていたように、彼女の頭を軽く撫でて、自室へ向かった。

自室へ戻ると、腹の底から大きなため息が出た。

なぜ今更そんな事を気にするのだ。だが、翠玉には昔、祖国に恋人がいた。そうであれば、それなりに男には免疫《めんえき》があるはずなのだが。

彼女が時折見せる、緊張した仕草や少し怯む様子は……

相手が違うからなのだろうか。昔の男とは、どこまでの仲だったのだろうか。そこまで考えて、胸の奥から去来する騒めきに、胸を抑える。

自分自身、人の事は責められないはずなのに、あの肌に触れた事がある者が他にもいる事に、苛立っているらしい。そうであれば、醜い嫉妬《しっと》だ。

自嘲《じちょう》して、手近な椅子に腰掛ける。

『なぜ私がこんな事をするのか？　それはあなた様が本気で人を好きになった時にお分かりになると思いますわ』

随分昔、一時期関係をもっていた女の一人に言われた言葉が蘇る。

当時、後腐れない、決して将来を望まない女性を選んで付き合ってはいたが、彼女は数少ない選択を誤った例だった。

はじめは、物分かりのいい娘のふりをして近づいてきた。しかし、時が経つにつれて冬隼との将来を切望し始めてきた。

そんな彼女を冷たく突き放したのは自分だ。

それでも彼女は最後の最後まで、側室でもいいのだと懇願し、冬隼の周囲に随分と迷惑をかけた。

彼女のやり方は許されるものではなかったが、今思うと、彼女に対して随分とひどい事をしたように思う。

自分が翠玉に同じ扱いをされたら、恐らく生涯心の傷になるだろう。

ずっと忘れていたのに、今になってあの時の彼女の言葉が呪いのように蘇ってきたのは、自分が彼女のように醜い嫉妬《しっと》にかき立てられているからなのかもしれない。

小さく首を振る。

そんな自分に翠玉の昔の恋愛をとやかく気にする資格などないのに。

翠玉は自分の側にいる事を選んだのだ。時間はこの先長い。

いずれ昔の男と過ごした時間よりも、付き合いは長くなるだろう。今から二人で積み上げていけばいいのだ。そう思うと幾分か気持ちが軽くなる。

大きく息を吐く。

ようやく互いの気持ちが通じたというのに、いつまでも自信のない自分が情けない。

だが。ビクビクしたまま、中途半端な不安に駆られた状態で彼女を送り出したくはない。

◆

「どうされたのです？　今日はどこか大人しゅうございますね」

自室に戻り着替えを済ませてぼんやりしていると、翠玉の髪を梳《す》きながら陽香が顔を覗き込んできた。

「今朝はソワソワ落ち着かない様子でしたのに」

「大丈夫よ。ちょっと疲れてるだけ。あ、夕餉《ゆうげ》は冬隼と一緒に取るわ」

「お珍しいですね、良い事でございます」

ホッとしたような陽香の顔を見て、彼女に申し訳なくなる。

ここ数日、今後について悩む翠玉を側で見てきて、随分と気を揉んだのだろう。何か相談されたのなら助言もできたであろうに、それもなく、ただただ主人が答えを出すのを待ってくれていたのだ。

そんな事をおくびにも出さず、一通りの翠玉の世話をして彼女は部屋を出ていく。

一人、部屋に残されて、徐《おもむろ》に頬を触る。まだ熱《ほて》っているような気がする。

昨日から、刺激的な事が度々起こっていて、正直翠玉は処理能力の限界を迎えている。互いの心が通じ合えば、それなりに色々あることは分かる。

だが恋愛慣れしていない自分には随分刺激が強い。

今までだって口付けや頭を撫でられる事や抱き上げられる事だってあったはずなのだが、そういう関係だと意識した途端、それがとても気恥ずかしく、どうしたらいいのか分からなくなる。

まして冬隼は女性慣れしているのだ。自分は変な反応をしていないだろうか。きちんとできているのだろうか。そう思うと余計に身体に力が入って構えてしまう。

別れ際の、冬隼の表情を思い出す。呆れられたのかもしれない。大きく息を吐く。

昨晩はとても幸せな気分だったのだ。冬隼が自分を必要だと言ってくれて、彼の手を握って眠りについた。

それなのに今日一日、翠玉は冬隼にいつも通りの接し方しかできなかった。

仕事中であればそれでも仕方ないのかもしれない。

しかし先程のやり取りは、冬隼が歩みよってくれていたのだ。つまらない女だと思われたのかもしれない。

泉妃の姿が脳裏に浮かぶ。きっと彼が今まで相手に選んできた女性達は女性らしく魅力的な人が多かったのではないだろうか。

そうであれば自分は真逆である。

その上でつまらない反応しかできないならば、どこに魅力があるのだろうか。

冬隼にまたあのような顔をさせてしまうのは避けなければ。

でも、どうするのがいいのか……

「まさかこんな事に悩む日が来るとはねぇ」

深く深く息を吐いて、苦笑する。

◆

夕餉《ゆうげ》を共に取り、仕事を片付け、湯あみをすませる。

寝室の前に来て冬隼は大きく息を吸う。

昨晩こちらに来た時は時間も遅く、翠玉はうとうとと微睡《まどろ》んでいたが、今日はそれにも早すぎる。互いの気持ちが通じ合って初めてのゆっくりとした夫婦の時間といっても過言ではない。

室に入ると、翠玉はいつものごとく長椅子に腰掛け、地形図を睨みつけていた。

冬隼の姿を見とめると、地形図から視線を外し、こちらを見る。その顔がどことなく緊張しているように見えた。

夕餉《ゆうげ》の時にはいつも通りだったように感じたのだが、どうやら二人きりになると構えられているように感じるのは気のせいではないだろう。

「もう出立まであまり日もない。根を詰めすぎるなよ」

　彼女の座る脇までいくと、卓上を見下ろす。何かの仮説を立てているのか、また碁《ご》石《いし》の位置が変わっている。

「どうしても落ち着かなくて……」

　そう肩をすくめた彼女が落ち着かないのは、もうすぐ出発だからなのか、冬隼が側にいるからなのか、どちらだろうかと考えながら、向かいの寝台に腰掛ける。

「お茶を淹れるね」

　そう言って慌てて立ち上がる翠玉の手を掴むと、「え？」というような視線が一瞬こちらを確認するように見てきた。構わずその華奢《きゃしゃ》な身体を引き寄せる。

　膝の間に座らせると、後ろから柔らかく抱きしめる。抱いた腕の中で彼女の身体が強張ったのが分かった。

「茶は後でいい」

　彼女の髪に顔を埋めると、甘い香りが鼻をくすぐる。前にどこかで嗅いだような気がする。

「いい香りだな」

　囁くように言うと、翠玉がピクリと肩を震わせる。

「せ、泉妃に以前いただいたものなの。ずっと使ってなくて、久しぶりにつけてみたのだけど」

心なしかかすれたその声に、彼女が戸惑っているのが手に取るように分かった。

甘美でいて、癖が強くない香りだ。こうして特別なものをつけて待っていてくれたという事が嬉しかった。

そう考えると、先程は彼女のこんな反応も、構えられていると思ったのだが、冷静になり、一度顔を上げて彼女の後ろ姿を見てみれば、露わになった首筋まで赤くなっているのが分かる。その後ろ姿がまた愛しくて、小さく笑みを漏らす。

どうやら、自分は彼女を想うあまりに、随分臆病になっていたのかもしれない。

一層強く抱きしめると。香りを堪能《たんのう》するように、首筋に唇を落とした。

翠玉の肩が驚きと緊張に一瞬ぴくりと揺れるが、逃げ出そうとする素振りはない。

強張りながらも、それを受け入れようとしている様子が可愛くて、そんな彼女が今自分の腕の中にいる事がこの上なく幸福に感じる。

心から想った人と心が通じる事が、これほどにも温かい事なのかと。

不覚にも初めて自覚した事を知る。

「ふっ、ん」

何度か繰り返すうちに、翠玉がたまらず小さな声をもらす。そして、すぐに自分の声に慌てたように口を塞ぐ。

その様子がいじらしくて、思わず唇を離し、くすりと声が漏れた。

それに反応したのだろう。恥ずかしそうに熱っぽく潤んだ視線が、こちらを見上げてきて、くらりと目眩を感じた。そのまま、その唇に軽く口付ける。

翠玉の肩がまた少し緊張するのが分かった。やはりどうやら、彼女はこうした事にあまり免疫《めんえき》がないらしい。心のどこかで安堵する自分がいた。

そうであれば、あまり性急に事を運びたくない。何しろ自分には前科がある。

「そう、緊張するな」

顔を覗き込むと、恥ずかしそうな潤んだ瞳が、こちらを見ている。その表情がやたらと官能的で、できる事ならばこのまま押し倒してしまいたいのを堪える。

これ以上、自分自身の制御が利かなくならないために、大きく息を吐く。

それを感じ取ったのか、翠玉の肩からも少し緊張が解けたのを感じる。

「だって、恥ずかしすぎて」

消えるような声で、そう言って紅潮する顔を隠すようにふいっと背を向ける。両足の間に収まる形で座った彼女の背はいつも以上に小柄で華奢《きゃしゃ》に見えた。

たしかに、今まで毎日当たり前のように夜を過ごし、並んで眠っていたが、こういう関係になると今までのようにはいかないだろうなと、改めて思う。

だからといって、以前の状態に戻りたいとは微塵《みじん》も思わない。

ようやく手に入れたのだ。

背を向けた翠玉の髪に手を伸ばし、髪先を指に絡める。

「冬隼……面白がっているでしょ」

先程まで潤ませていた目を細め、じっとりとこちらを睨みつけてきた。

それでもまだ恥ずかしいのか、耳まで赤い。思わず意地悪く笑ってしまう。

「いつもお前に困らされているんだ、こんな珍しい事はないだろう?」

「意地が悪いわね」

むくれる彼女の髪に指を差し入れ、首を傾ける。

「知らなかったのか?」

しばらく、二人の視線が絡み合い、どちらからともなく吹き出す。

「お茶でも淹れる？　それともお酒？」

何かを吹っ切ったように、いつもの翠玉が戻ってきていた。

「酒はやめておこう、うっかり押し倒すかもしれんからな」

もう少し意地悪を言ってみたくなり、少しおどけてみる。翠玉が一瞬ひるみ腰を浮かせるが、冬隼の表情から、揶揄《からか》われていると思ったらしく、むくれる。

「そうやってまた揶揄《からか》う！」

あながち嘘ではないのだが、笑って誤魔化しておく事にした。

そんな事を言ってしまったら、せっかく肩の力を抜いた翠玉がまた固まりかねない。ゆっくり自分達の早さでいいのだ。たとえあと三日で暫しの別れになろうとも、これから先、二人で過ごす時は長いのだ。

五章

演習場で、いつもの如く落ちこぼれ達の鍛錬を眺める。

「随分と見られるようになったわね」

翠玉の言葉に、隣で見ていた蒼雲も頷く。

「とりあえず他の部隊に配属しても恥ずかしくないのが数人いますけど、どうします？」

その言葉に翠玉は、うーんと唸る。

「面倒事が起きるのも嫌だから、とりあえず今のままにしておきましょう。腕は磨けても、長年染み付いた根性はなかなか抜けないだろうし」

今、他の部隊に入れて問題を起こされても困る。

「そうですね」

同じことを思ったのか、蒼雲も何の拘《こだわ》りもないような口調で頷く。

どうやら聞いてみただけらしい。

「とりあえず、すぐ死なない程度になっただけでも上々よね。次の戦は何が起こるか分からないし」

　これには彼はハハハと乾いた笑いを漏らした。

「たしかに、そうですね」

「とにかく合流まで、よろしく頼むわね。蒼雲に一番負担をかけて申し訳ないけど」

「ご心配には及びませんよ！　うちの隊で面倒を見るので勝手はさせません！」

　自信満々にそう言った彼が、ふと何かに気がついたように、翠玉の頭の向こうを見つめた。

「冬将軍付きの伝令ですね。何かあったんですかね？」

　つられてそちらを見ると、確かに冬隼に付いている伝令役の兵士である。彼は真っ直ぐこちらに向かってくると、翠玉の前に膝をつく。

「奥様をお連れするよう言われております」

　蒼雲と顔を見合わせる。緊急の軍議《ぐんぎ》ならば蒼雲も呼ばれるはずなので、そういった類のものではないのだろう。

「なにかしらね。分かったわ」

　後を蒼雲に頼むと、無月に向かう。

「来たな」

　案内されたのは馬場にほど近い演習場だった。どうやら彼はそこで訓練を視察していたらしい。翠玉の姿を見とめると、脇に立ち同じように演習を見学していた、隣の人物に声をかける。

おぉ、美女！　冬隼に声をかけられて、こちらにチラリと視線をよこした人物を見て、翠玉は心の中で感嘆の声を上げる。

長身でスラリと長い手足に、整った顔立ちは可愛らしいというより、洗練された美人で、燃えるような赤毛《あかげ》を一括りにして高い位置で結んでいる。

それがまた彼女の近寄りがたい美しさを一層演出していて、女の翠玉でさえもうっとりしてしまいそうだ。

「紹介する。宗華南《そうかなん》、碧相へ向かうのに、お前の護衛として彼女についてもらう。禁軍では俺と同期で、腕は保証する」

「よろしくお願いいたします。奥様」

少しキツそうな顔を柔らかく緩めて、武人らしい、キレのある礼を取られる。

その所作で、彼女が禁軍関係者なのだろう事はなんとなしに理解できたのだが。キツめ美人の笑顔の破壊力は半端ではない。違うところで感心してしまった自分がいた。

「護衛？　でも双子は？」

あまりにぼんやり彼女の美貌《びぼう》に見惚れていては失礼だと、気を取り直して視線を冬隼に向ける。こちらはいつも通りの見慣れた彼そのもので、翠玉の問いに、当然聞かれるだろうと思っていたという顔で頷く。

「彼らはお前の護衛として知られすぎているからな。今回は、一緒に動くと身元がバレる危険がある」

「まぁ、たしかに一理あるけど」

そういえばそんな事は考えていなかったなぁと、思い至る。最悪二人がダメなら一人で馬を駆っていくつもりだったのだが。どうやら冬隼はそんな細やかなところまで気にしてくれていたらしい。

もう一度彼女を見る。こんな美人を毎日愛《め》でる事ができ、しかも冬隼のお墨付きの腕前があるのならば、護衛には文句ない。

「よろしく、華南」

笑いかけると、彼女の切れ長の瞳が柔らかく緩む。

「妹からお話は伺っております。前々から一度お会いしたいと思っておりました」

「妹？」

軽く首を傾けると、彼らの後ろに控えていた泰誠がくすくす笑う。

「華南は李梨《りり》の姉なんですよ」

「えぇ！　そうなの？」

慌ててもう一度、華南の顔を見る。言われてみれば、確かに、部分部分でどことなく似ている。

「腕は妹に引けはとらんから、お前の相手もできるだろう」

李梨の腕前は翠玉も何度も手合わせしているから分かる。護衛の腕前としては申し分ないどころか、贅沢なくらいだ。

「女二人旅では何かと面倒事に巻き込まれますゆえ、私の部下というか、昔馴染みの男性も同行いたします」

「隆蒼か……あいつ、やはり華南といたのか」

華南の言葉に、泰誠が呆れたような声を上げる。

「そうなのよ！」

それに華南も同意して、呆れた口調で肩を竦めた。

「本当に馬鹿な男よね！　配置換えしてくるかと思ったらあっさり辞表出してきやがったのよ！　腹が立って半月口もきかなかったわ！」

最後の方はプリプリと怒っていた。

「相変わらず気の毒なやつだな」

ボソリと呟く冬隼に、華南はその切れ長の瞳をキッと吊り上げる。

「なんでよ！」

「お前に振り回されて」

ため息を吐く冬隼に。彼女は眉をしかめる。

「私はついてこいなんて言ってないわ！　あいつが勝手についてきているのよ！」

「だが感謝しろ、今回の仕事は奴がいる事を考慮した上でお前に頼んだのだからな」

やれやれという様子で冬隼が言うと。

「でしょうね」

華南も、理解していると軽い調子で頷く。

「女二人旅なんて危険だもの。大切な奥方様を危ない目にはあわせたくないけど、男だけに警護させるのは嫌だし、かといって大所帯になるのは控えたい。おまけに昔馴染みで気心も知れている。最高じゃないの私達！」

感謝してよね！　と気安く言い捨てるところは、王弟に対するには随分と不敬な振る舞いなのだが、ここにいる誰一人それを感じていない空気である。

「ちょうどいい時に帰都してくれた事を感謝するぞ」

「まぁ、人の不幸を喜ぶなんて、悪趣味よ、殿下！」

「不幸？　お前が不幸を嘆いて出戻ったようには見えないぞ？」

「当然でしょ？　これは次の幸せへの新たな第一歩よ！」

二人の掛け合いに苦笑しながら泰誠を見れば、いつもの事だと肩を竦められた。なんというか、これほど軽快に軽口を叩く冬隼も珍しい。

「こちらでは、どこに寝泊まりしているんだ？」

泰誠が話を割る。放っておいたらこの二人は永遠にやり取りを繰り広げるのではないかと思い始めたところだった。

「宿をとっているわ！　手切金はたんまりいただいているから、しばらくは贅沢に暮らすつもりだったのよ！」

あっけらかんと答える彼女に、冬隼はわざとらしく大きなため息を吐く。

「お前は本当に昔から呆れるほど強《したた》かだな」

そんな彼をものともせず、華南は不敵に笑う。

「あら、人生一度きりよ？　好きに生きなくてどうするの？」

「相変わらずの華南で安心したよ」

話を収めるように泰誠が頷く。そこで翠玉が置き去りになっている事を全員が思い出したらしい。気まずそうに冬隼が視線をそらせる。

「こんな感じで気楽なやつだ。余計な気遣いはせずに行け」

「うん、ありがとう」

どんな顔をしていいのか分からず、中途半端な笑顔になった。

長い事行動を共にするのだから、たしかに気やすいのはありがたい。そしてなんだか面白そうな人物である。ここまでの経緯はなんとなく予想がつくが、道中で時間をかけて、聞いていこうかと思う。

「よろしくね！　華南」

「はい！　折角なので、楽しみながら参りましょうね！」

カラリと笑った華南の言葉に、冬隼がぼそりと「羽目を外しすぎるなよ。お前達二人は何かしでかしそうで、少し心配もしているのだからな」と釘を指す事を忘れなかった。


「楽？　なんだか不満そうね？」

演習場に戻る道すがら、先程から後ろでブスッとしている楽を見る。

「納得できません！」

不機嫌を隠そうともせず楽が言い捨てる。いつもあまり表情を表に出さない彼女にしては珍しい。

「でも私もあなた達を連れていくのは確かにやめた方がいいと思うわ」

翠玉の言葉に楽は「違います！」と大きく首を振る。

「そんな事は私達も理解しています！　ですが、よりによって、なんであんな女が！」

「楽！」

樂が窘めるように声を上げる。

言われた楽は非難するように、樂を睨みつける。

この二人がこんな風に揉めるのも、また珍しい。

「いいのよ樂。あんな女っていうのは華南の事？　楽、何かあるの？」

仲裁するように間に入ると、二人が気まずげに視線を合わせる。

「言葉は悪いですが。あの女は、男にだらしない、最低の女です！」

吐き捨てるように楽が言うのに、再度樂が非難めいた視線を送る。

「どういう事？」

視線で樂を宥めながら、話の続きを促す。

楽は忌々しそうに話し出した。

「私達の生家の隣に本当の姉のように慕っていた姉さんがいたのです。よく遊んでくれて、私達はその姉さんが大好きだったんです。それで、その姉さんには幼なじみの恋人がいて、二人は結婚する事になっていました。結婚が決まった頃、その恋人は禁軍に入隊が決まって、集落から久しぶりの禁軍への入隊でみんなが喜んでいて、姉さんもすごく嬉しそうだったんですけど。結婚が近くなった頃、姉さんが塞ぎ込み始めて……聞いても『何でもないの』とごまかされてしまったのですけど。私は近所のおばさんから話を聞いてしまったんです。お相手の方が、他の女に目移りしたらしいと……。その相手が、当時その男性と同じ禁軍に所属している華南っていうすごい美人だって……」

一気にそこまで話した楽は、はぁっと息継ぎをする。

これほど感情的に必死になる彼女を見たのは初めてだった。

「結局、姉さんの結婚は破談になってしまいました。それで悲しんだ姉さんは、身投げしてしまって……」

翠玉は息を呑む。

樂も静止を諦めたのか、静かに聞いている。

「なのに、それからしばらくして、あの人はいとも簡単にその男性を捨てて、また別の男に行ったと聞きました。その後も、男を次々と変えると有名でした。最終的には高官と結婚したから、結局金だったのでしょう。あの女にとって遊び程度のものに、死ななければならなかった姉さんを思うと、今でもやるせなくて……」

なるほど、そういう理由で、楽は華南に嫌悪感を隠そうともしなかったのかと納得する。

「護衛も他の方であれば、私達は何も思いません。旦那様のご命令に添うまでです！　ですが私達がずっとお仕えしていた奥方様に、あの女が近づくと思うと、嫌でたまりません！」

吐き捨てるように言い切ると、涙を堪えるように楽は俯いた。

どうしたものかと思案する。

男女の事だ。片方からだけの意見では、齟齬《そご》もあろう。

まして、他人伝いに聞いた話だ。たしかに先程の冬隼達と華南のやり取りを聞いた後の話なので、納得のいく部分もあるのだが……

「そう、分かったわ」

頷いて、二人を見る。

「けれど、今回はそんな事も言っていられないのは、あなたも分かっているでしょう？」

顔を覗き込むと、楽も渋々頷く。

「不本意ながら……」

「今の話はここだけにしておくわ。男女の事は私にもよく分からないし、でも、あなたの思いは心に留めておくわね。私の護衛にそれほどまで思い入れてくれてありがとう」

そう言ってポンポンと楽の肩を叩いた。

「何かありましたか？」

蒼雲のもとに戻ると、大して心配をしていなさそうに、用件を聞かれる。

ため息をついて周囲を見渡す。

双子は、先程兵に交じって訓練に参加するよう指示したので、後ろには付いていない。とりあえず蒼雲に冬隼が護衛を手配した事を話す。

「え、あの魔性《ましょう》の女、帰ってきたんですか⁉」

華南の名前を聞くやいなや、彼が驚いて声をあげる。

「彼女の事、知っているの？」

「いや、俺は李梨の同期なので一通りの事だけですけど」

ボリボリと後頭部をかきながら言った彼は「俺も聞いた話がほとんどですよ？」と前置きして話し始める。

「あの年度は、殿下の入隊もあって質が高かった事で有名なんですけど、その中で女ながら五本指に入るほどの実力者だったのが、あの姉さんです。その上、あの容姿です。平民の出ながら、すげぇ有名だったみたいですよ。まぁそのせいか、言い寄る男も多かったみたいですけどね。色んな男と浮名《うきな》を流している事も有名でしたね」

「そう……」

楽の言う事は大袈裟ではなかったらしい。あれだけ美人ならば、男が大半の禁軍では、彼女にその気がなくても放ってはおかれないだろう。

「最終的に、当時禁軍の大将だった李蒙様の直下部隊の隊長にまで上り詰めて、李蒙様がやめた後は中軍でも活躍されていたみたいです。やめてしまわなければ、今頃いち将軍くらいにはなっていたと思いますよ」

「そんな実力者の彼女がなぜ禁軍をやめたの？」

翠玉の問いに、蒼雲は困ったように笑う。

「結婚ですよ。当時付き合っていた男が柵州の州軍に異動になったので、それについて行くためにあっさりと禁軍をやめて家庭に入ったんです。当時誰もが、もったいないと引き留めたらしいですけど、本人があまりにも立場に頓着《とんちゃく》してなかったらしくて……」

「確かに……彼女ならやりそうね」

先程の冬隼達とのやり取りを思い出す。

人生楽しまなきゃ損！　まぁそういう事なのだろう。

「そういえばそんな頃、李梨が愚痴《ぐち》っていましたよ！　恋愛の絡んだあの人を止めるなんて無理な話！　究極の恋愛体質で、猪突猛進《ちょとつもうしん》なんだから！　って。無理やり残したとしても、後悔と未練で使い物にならなくなるに決まっているのに！　って」

あの頃、周りから姉さんを思いとどまらせろ、説得しろと言われすぎて、李梨もなかなか苛ついていましたから、よく酒を付き合わされていたんで……と乾いた笑いを残して彼は話を終えた。

「李梨も、苦労しているのね」

苦笑する。どちらかというと真面目な気質の彼女と華南では、随分と性格も違うだろうに。

「でもなんで離婚したのかしらね？」

禁軍も、地位も立場も捨ててまで、ついて行った人だったのに。

「さぁ、喧嘩か旦那の浮気か愛が冷めたのか。いずれも、愛なくして生きていけない人ですから、四年持ったなら上等なんじゃないですかね？」

よく分からないですけど！　と付け加えて蒼雲は立ち上がって、隊列を崩した部隊を指導に向かう。なんだか聞く方向で印象に若干のズレはあるが、いずれにしても、妹の李梨の分析が一番齟齬《そご》がないかもしれない。

とにかく癖は強そうである事は間違いない。

「華南だが、色々と噂は多い」

帰宅の道中。冬隼が唐突に華南の話を始めた。

「えと……魔性《ましょう》の女ってやつ？」

探るように彼を見上げると。

「すでに聞いていましたか？　耳が早い」

泰誠が、感心したように言う。否定をしないところを見ると、彼等も同じ認識らしい。

はぁっと隣で馬に揺られる冬隼が息を吐く。

「昔から自由なやつだが、自由奔放すぎて勘違いされる事も多い。悪い噂も立てられていたりするが、あいつ自身、根は真っ直ぐで悪いやつじゃない」

「ただちょっと恋愛体質で猪突猛進《ちょとつもうしん》なだけだから、もし悪い噂を聞いても、その半分くらいが真実だと思ってきいてやってください」

付け加えるように泰誠に言われて、翠玉は苦笑する。なんだか同じような説明を少し前にも聞いた気がする。

チラリと後ろの双子を盗み見る。冬隼と泰誠が庇う事が面白くない楽は、ブスッとしているし、樂はそんな彼女をはらはらしながらチラチラ見ている。

肩をすくめて、やれやれと息を吐く

「分かったわ」

帰宅と同時に軽く打ち合う事になり、そのまま中庭に出た男性陣と別れ、一旦自室に戻る。その道すがら、翠玉は後ろをついてくる楽を見て苦笑する。

「腑に落ちないようね?」

先程からの険しい表情は変わらず、その隣の樂が終始不安そうに彼女をチラチラ気にしている。

「当然です！　こうした話は殿方側は甘い認識であるに決まっていますす！」

憮然と言い放った彼女の言葉を聞いて、翠玉はつい笑いを漏らす。

たしかに女性の方が、女性に厳しいのは常で、男性の意見がどこか能天気に感じる事がままあるのも事実なのだ。

「じゃあ、私自身が見極めるしかないわね～」

「それが宜しいかと！」

間髪を入れず、頷いた樂の言葉に楽が少し苛立った視線を送ったのを見とめ、また苦笑する。同じものを見てきたのにこの違いは、やはり宦官《かんがん》であっても男女の違いなのだろうか。

実際樂は幼い頃の事故で男性の機能を失った事から宦官《かんがん》になったと聞いている。心は男性そのものだ。だからこそ楽が彼の態度に納得しないのだろう。

「よもや有り得ない事ですが、旦那様が、あの女と近づくのも喜ばしい事ではございません！」

忌々しげにそう言った彼女の言葉に、樂がギョッとした顔で彼女を見た。

思わず翠玉は笑いだす。

「冬隼が？　それは大丈夫じゃないの？」

しかし、楽は至極真面目な顔で「何をおっしゃいます！」と首を振る。

「人の物でも手を出す女です。用心に越したことはございません」

「楽！」

流石に言い過ぎだと、樂が声を上げて窘める。

二人が睨み合いを始めたので、翠玉は「大丈夫！」と、努めて明るい声を上げる。

「楽の気持ちは分かったわ。彼女は明後日から私とここを離れるのよ？　冬隼に近づく時間なんてないはずよ？」

だから安心なさいなと言うと、彼女はハッとして、恥じ入ったように少し俯く。

「そうですね。申し訳ありません。つい熱くなりすぎました」

本当に彼女らしくない振る舞いである。

しかしそれほどに彼女にとっては、華南が許せない相手なのだろう。二人を見比べて苦笑すると、ちょうど自室の前に到着した。

「お疲れ様。もう今日は下がっていいわよ」

翠玉の言葉に双子は礼を取り、下がっていった。その背中を見送りながら翠玉は深く息を吐く。

翠玉が育ってきた清劉国の宮廷にも沢山の噂があった。それはもうある事ないこと。

だからこうした話は耳半分で聞いておく事にしている。人の噂なんてどれほどいいかげんなものか、よく知っているから……

扉を開け、自室に入る。部屋には誰もいなかった。

それをいい事に適当に荷を投げ出して、寝台脇の椅子に身体を投げる。

「冬隼が、華南とね～」

確かに、冬隼があれほど女性と軽快に楽しげに会話をしている姿はなかなか見ない。昔馴染みだし、どうにかなっているなら、とっくにどうにかなっているのではないか。いやいや待って！　冬隼もそれなりに女性関係があったという、その中に彼女がいたのかもしれない。

ふるふると小さく首を振る。

しかし、二人の間に異性を感じるような雰囲気はないように思う。勘なのだが。

しかもあの根回しの良い冬隼が、昔の恋人を妻の護衛につけるほど、無神経な事をするだろうか。

「しないわよね、普通」

小さく呟いた言葉は、誰もいない部屋に響く。

とにかく華南の事は、これから翠玉自身が接する中で分かっていく事だろう。少なくとも一週間近く行動を共にするのだ、色々探ってみるのも面白いかもしれない。

少し遅れて。冬隼と泰誠との打ち合いに向かうと、一人の男が礼をとって出迎えた。日焼けした肌に、長身で服の上からでも筋骨隆々な体躯《たいく》をしているのが分かる。

「隆蒼だ」

冬隼の紹介に、隆蒼？　どこかで聞いたような、と首を傾げる

「華南と共に行く、もう一人の護衛だ」

「あぁ！」

ぽんと手を叩く。

昼間に気の毒なやつだと彼等に同情され、華南にはプリプリ怒られていた人か！と理解する。

顔を上げた隆蒼が、こちらをじっと見つめてくる。その表情は読み取れない。どうやらあまり顔に表情が出ない質なのだろう。

「隆蒼、よろしくお願いしますね」

ニコリと笑って声をかけると、彼は「いえ」ともう一度頭を下げる。

「道中色々失礼があるかと思いますが、何卒ご容赦《ようしゃ》ください」

華南と正反対で真面目な性格なのだろうか、昼間の華南との温度差がすごい。

苦笑して、泰誠と冬隼を見ると、それぞれが同じような笑みをうかべて、肩を竦め

ている。

どうやらいつも、こうらしい。

「隆蒼、州軍を辞して運動不足じゃないか？　ちょっと打ち合っていかないか？」

助け舟と言わんばかりに、泰誠が彼に声をかける。

「それは魅力的な誘いだな。相手はお前か？」

顔を上げた隆蒼の表情がわずかに、本当にわずかに揺れた。

「あぁ、二千三十八勝二千三十九敗三千四百五十七分けのまま長年止まっていて、気持ちが悪いからな」

そう言って泰誠が木刀《ぼくとう》を投げるのを、手に吸い込むように受け取った彼は。

「たしかにそうだったな。もう挑む気も起きないほど差がついていたらどうするんだ」

ニヤリと不敵に笑った。

「なんだお前、鍛錬してなかったのか？」

「逆だ。州軍は暇すぎてな、鍛錬しかやる事がなかった」

「じゃあその腕、見せてもらおう」

満足気にそう言って泰誠が少し広い場所に移動していくと、彼も勝手知ったる様子でついていく。

二人が構え、すぐに打ち合いが始まった。

すぐに二人の動きから目が離せなくなった。隆蒼の腕前は一見して泰誠と互角だ。互いに腹の内を探りながら楽しげにしている。

「あんな好戦的な泰誠、初めて見たわ」

隣に座った冬隼を視線の端で盗み見ると、彼も楽しそうだ。

「泰誠にとって好敵手だからな。隆蒼が州軍に行って一番寂しそうだったのは泰誠だし、隆蒼が州軍を辞めた事をいち早く聞きつけてきたのも泰誠だ」

「そうだったのね。それで華南を？」

「隆蒼が軍をやめるなど信じられなかったからな。その後の消息が掴めず、もしやと華南の所在を確認したら、旦那と離縁して王都に戻っている事が分かった。折りよく戦の前だったから、どうにか禁軍に引き込めないかと考えていたところだった」

なるほど、と笑みが漏れる。

つまりは翠玉をいいダシにしたのだ。

「それで私の護衛ね？」

チラリと見ると、「そうだ」と悪びれず頷かれる。

「双子には悪いが、まだ道中不安だ。お前の足手まといにならず護衛ができる者で軍関係者でないとなると限られるから本当に丁度よかった」

「でもどうして華南と？」

一緒にいたという事は、二人がそういう関係だという事なのだろうか、しかし彼等の言動の端々を聞くとなんとなくそうではないような気がして。

冬隼を見ると、彼もどう説明したらいいのかと苦笑している。

「華南が、巷でなんと言われているか聞いただろう？」

「えっと、魔性《ましょう》の女？」

答えると、「そうだ」と静かに肯定の意が返ってきて。

「その一番の被害者はあいつだ」

え？　と泰誠と打ち合う隆蒼を見る。

丁度二人の勝負がついたところだった。今回は泰誠に軍配が上がったが、この短時間で、二人とも簡単な打ち合いという程度の疲れ方ではない。

それはそうだろうと、翠玉は思う。

あんなの真剣であったなら、殺し合っていてもおかしくはない。

「二千三十九勝二千三十九敗三千四百五十七分。これで、また互角だ」

「またすぐに差が出るさ」

肩で息をしながら互いに笑い、握手を交わしている。

「隆蒼は、俺の相手をする元気は残っていなさそうだな」

それを見ながら残念そうに冬隼が笑う。どうやら彼も久しぶりに隆蒼と手合わせをしたかったらしい。冬隼の裾をちょんと引く。

「私が相手をしてさしあげましょうか？」

小首を傾げて、ニコリと笑うと、冬隼がそうだなと小さく笑う。

「では頼もうか」

そう言って後頭部を大きな手がなでる。

「真剣？」

おどけて問うと、一瞬冬隼の顔が引きつる。

「そこは木刀《ぼくとう》で勘弁して頂きたい」

◆

「これは、生半可な護衛ではだめだと、殿下が言われる意味が分かるな」

冬隼と翠玉の打ち合いを見ながら、まだ肩で息をしている隆蒼が呟く。

「下手な護衛をつけたらかえって足手まといだからな。お前達が戻って来てくれていて本当にありがたかった」

同じように肩で息をした泰誠は、隆蒼の肩を叩く。少し強めに叩いたにも関わらず、以前より鍛えられて発達した隆蒼の身体はびくともしなかった。どうやら州軍での生活は彼が身体を入念に鍛え上げるにはちょうど良い環境だったらしい。

「華南も随分腐っていたから、前を向くには丁度いい役目かもしれん。これが殿下ご夫妻二人の護衛だったら、流石に受けなかったと思うがな」

表情を動かす事なく、冗談めかして言う隆蒼の言葉に、泰誠は笑う。

「たしかに、それはあるかもな」

離婚したての身には、つい最近心が通じ合ったばかりの初々しいあの夫婦の姿は辛いものがあるだろう。独り身の自分にも理解できる。

「まぁ、とにかく、奥方は我が国にとっても殿下にとっても唯一無二のお方だ、命を賭して守ってもらいたい。それと、お前にはもう一つ頼みがある」

含ませた言葉に、隆蒼が「なんだ？」と首を傾ける。

これから頼む内容を思うと、隆蒼には苦労しかけない事が目に見えていて、泰誠は少々申し訳なくなる。

「華南の腕前は一流だし、奥方と馬も合うだろう。裏表のない性格をされているし、あまり気にしてクヨクヨ悩むたちでもない。だからといって、ついうっかり、というか話のノリで昔の事を話させるのだけは阻止してほしい」

「具体的には？」

意味を測りかねるとほんのわずかに眉を寄せる蒼雲の問いに、そうであろうなと苦笑する。

もう一度、打ち合う冬隼と翠玉の姿に視線を向けてして、彼らがまだ激しく打ち合っているのを確認する。

いつもの通り、翠玉の方が少しずつ押されてきているところだ。

「殿下の昔の女性関係だよ。女の人って集まるとどうしてもそういう話になるだろう？　殿下と奥方は、婚姻を持たれてまだ日が浅い。お互い想いはあれど、まだ波風を受け流せるまでには固まっていないんだ」

思いが通じたのですらここ数日なのだとは口が裂けても言えないと泰誠は思う。せっかく固まったのに、変なところですれ違って欲しくはないのだ。ただでさえこの先大きな戦が待っている。

そして何よりこっち方面で煩わされるのは、泰誠自身がもう懲り懲りなのである。

「……分かった。努力しよう」

しばらく難しい顔をして考え込んだ旧友の背を頼むぞ！　と叩く。

丁度、二人の打ち合いも終わったところだった。

勝敗にかかわらず、二人揃って満足気な様子で笑いあっているのが、これまで色々気を揉んできた泰誠にはとてつもなく微笑ましい光景に見えてならない。

このまま何事もなく、平和に彼らが夫婦としての絆を深めてくれる事……それが今の泰誠の切実な願いなのである。

◆

夜、寝室で荷を検めていると、寝支度を整えた冬隼が入ってくる。

「あら？　もうそんな時間？」

まだ時間はあると、随分のんびり片付けていたので、しまったと思う。

近づいてくる彼が首を振って苦笑する。

「いや、少し早めだ。隆蒼も準備で忙しいからな、なにせあいつは、さっきこの依頼を知ったらしい」

「え⁉　そうなの？」

呆れたように冬隼は息を吐く。

「華南に聞いて、慌てて訪ねてきたらしいぞ。ちなみに華南には昨日仕事を依頼して、隆蒼と二人まとめて依頼を引き受けると返答をもらっていた」

どうやら、華南は隆蒼に何も伺う事なく、この護衛の任務を引き受けたらしい。

「そんな事……ある？」

後から聞かされ、二日後には出立だと告げられた、隆蒼の事を思うと気の毒に思えてしまう。

「まぁ、華南だからなぁ」

それが全てだとでもいうような冬隼の言葉に、本当に隆蒼は華南に振り回されているのだなと、理解する。

打ち合いの後、彼等は男三人で飲んでいたのだ。もっと遅くなると思っていたのだが、そういう事ならば隆蒼も長居はできないだろう。

「荷造りか？」

近づいてきて翠玉の手元を覗き込む冬隼に、軽く肩を竦めて見せる。

「まぁあんまり持っていくものもないのだけどね」

女性としてそれもどうなのかとも思うのだが。これから向かう先を考えれば、最小限の荷物である事の方が良いのだ。

手にしていた武具に視線を戻す。装備には剣以外にも、暗器《あんき》と呼ばれる小さな飛刀が数本、帯に差し込まれているものがある。

それと予備になるものを広げて一本一本を検めているところなのだ。

その様は、おおよそ夫婦の寝室にあってはならない光景である。もしこれが、結婚当初であったなら、即刻冬隼に投獄されていただろう。

今手にしているこれ自体は、冬隼に与えられたものなので、今の彼にとやかく言われる事はない。

暗器《あんき》を検める姿をしばらく眺めていた冬隼が、ゆっくりとその背後に回る気配がする。

すぐ後ろに腰を下ろすと共に、ゆるりと背中を包むように背後から彼の太くて筋肉質な腕が腰に回される。

「随分と綺麗に研《と》いであるな」

肩越しに、覗き込まれ、彼の低い声が耳をくすぐる。胸が跳ね上がり、危うく手にしていた飛刀を取り落としかける。落として刺さったら大惨事だ。

そんな気も知らない冬隼の手が、翠玉の手から飛刀を取ると刃先を眺める。鋭利に砥がれた刃先が燭台《しょくだい》の光を反射してキラリと鋭く光った。

「これほど見事に研《と》ぐのは骨が折れるだろう」

まさかこんな事も習得済みなのかと、聞かれて慌てて首を横に振る。

「うちの隊に砥石《といし》収集が好きなのがいてね。研《と》ぐのも好きだって言うから、たまに頼んでいるのよ」

「いい腕だな。使わないのはもったいない」

感心したように言われ、大きく息を吐く。

「そうなのよね～。悲しい事に、いくら上手に研《と》いでも、その刃物の扱いはなかなか上達しないのだけどね～」

戦場には向かない気弱な者の筆頭なのだ。それでも落ちこぼれの中には珍しく、なんとか役に立てる男になりたいという気概《きがい》はあるのが、更にもったいない。

「彼らと次会うのも戦場なのよね～。大丈夫かしら」

大丈夫なわけないかぁとため息を吐くと、冬隼の腕にギュッと力が入りきつく抱きしめられる。

「ど、どうしたの？」

慌てて振り返ろうとするが、耳元に彼の吐息がかかり、思わず動きを止めた。

「俺とも、会うのは戦場になるのだがなぁ」

憂鬱そうに言われて、顔が熱くなるのを感じる。

この人はなんでこうも、時々大胆なの！

心の中で毒づいて、それでも嫌な気持ちは全くなくて、ただ彼がどこか余裕があるのに少し腹がたった。

「ヤキモチ？」

振り返って見上げれば。

「悪いか？」

睨みつけられた。なんだかそれがおかしくて、思い切ってえいっと彼の胸に顔を埋めてみる。自分にしてみたらよくがんばった方だ。

ぎゅっと彼の腕に力が込められて、頭をゆっくりと撫でられる。

「明日の朝、少し付き合え」

胸越しに響く冬隼の声はなぜかとても心地良くて安心する。

「明日？　でも軍は？」

「泰誠と調整済みだ」

見上げると少しバツが悪そうなその顔に、無理やりねじ込んだのだなと察する。

「だか少ししか無理だから、早起きしないといけない」

やはりそうかと苦笑する。そうまでして必要な時間なのだろう。

「じゃあすぐ準備を終わらせないとね」

肩を竦めて、身体を離そうとすると、一層強い力で抱きこまれて、そのまま冬隼の胸に逆戻りする。

「もう少しだけ」

甘えるように耳もとで言われて、なにも言えずに小さく頷いた。

◇

翌朝、馬に乗って向かったのは宮廷の方角だった。

こんな軽装でよかったのだろうかと不安になりながらも、ついていくと、広大な宮廷を迂回するように奥へ奥へと進んでゆく。裏手までやってきた頃、翠玉は目的の場所がどういった意味のものなのかを理解した。

冬隼が馬を降りた先にあったのは、石碑《せきひ》が並んだ廟《びょう》だった。

入り口付近で護衛と馬を待たせると、二人だけで先に進み、朱と金で塗られた門を潜る。

中は随分と広く、その中に整然と並ぶ石碑《せきひ》は、新しいものから古いものまで様々で。中でも比較的まだ新しいものの前で冬隼が足をとめた。

彫られている彫刻には、穏やかな表情の女性の像、その手元と足元には赤子が甘えるように三人まとわりついている。これはもしかして。

「母の墓だ」

「お義母上の」

やはりそうなのかと納得して、頷く。

現皇帝の母であるせいか、他のものに比べて一層美しく花が飾られ、よく管理されているようだ。

それを冬隼はしばらく眺めて、徐《おもむろ》に何本か花を抜き取り、寂しげな隣の石碑《せきひ》に無造作に差し込んだ。同じ色ばかり抜き取って、少し配色を考えたらとも思ったのだが、その隣の石碑《せきひ》の主の好きな色なのかもと思い、黙って見守った。

翠玉は冬隼の母の多くを知らない。

そういえば、彼からも、ほかの義兄達からも、妃達からもあまり話は聞かない。

「お義母さまって……」

見上げると、彼は花の露で湿った手を払いながら口を開く。

「母は、もともと身体が強い方ではないのだが、それでもいつも笑っている人だった。実子の俺や兄上だけでなく、早くに母をなくした雪兄上や、他の妃の子供達も分け隔てなく可愛がるような人だった。兄上を皇帝にするために厳しいところもあったが、随分神経を使ったのだろうな。兄上の即位の前年に体調を崩して亡くなってしまった。だが、母のその人柄のおかげで、今の兄上を支える体制がある」

そう言って、懐から包みを一つ出して、供える。

美しい蓮《はす》の花の細工がされた糖果《あめ》である。まるで花を供えたように見えるそれは見事な作りで、一見すると硝子細工《がらすざいく》のようにも見える。

「昔、住んでいた宮の中庭に池があって、雨季が終わるころに蓮《はす》の花が美しく咲いていたんだ。母は毎年それを心待ちにしていたから……」

ゆえにこの供物《くもつ》を選んだというのだ。

「出発の前に、母の加護《かご》をと思ってな。まだお前をここに連れてきていなかったから、顔見せも兼ねて」

そう言って立ち上がると、こちらに来いと手を差し出してくる。

その手に、手を重ねるとゆっくり近づく。

「今まで思い至らなくて、随分失礼してしまったわね」

少し申し訳ない気持ちで呟く。

「気にしてないだろう。まぁ、拘《こだわ》ってお前をここに連れて来なかったのは俺だしな」

「拘《こだわ》り？」

どういう事だろうかと首を傾けて、冬隼を見上げれば……

「まぁ色々な」

困ったように微笑むので、それ以上を追及することをやめた。ひょっとして気持ちが通じあった事が関係しているのではないか、なんとなくそうなのではないかと思う。

石碑《せきひ》の前で、二人で頭を垂れ、祈りをささげる。

「これを」

長い祈りを終えた冬隼がそう呟いて、差し出してきたものを見て、翠玉はもう一度彼を見返す。彼が持つには少し小ぶりで、凝った装飾が印象的なそれには見覚えがあった。

以前預かった、母上の形見《かたみ》だという短剣だ。

「お守りだ」

差し出されたそれを、翠玉は大切に受け取る。ご利益は身をもって知っている。

「ありがとう」

胸に抱き込むと、彼が今度は空の手を差し出してきた。

「お前のをよこせ、それを俺のお守りにする」

「いいの？　なんのご利益もないわよ？」

腰紐から抜き取って、手渡す。冬隼のもののような思い入れもない、使い古したものだ。

「かまわない。これだって今までずっと、お前を守ってきたものだろう？」

「そうだけど……」

装飾こそ、それなりに凝ったものが付いているが、いささか彼には小ぶりで使い辛くはないだろうか。

そんな事を懸念していると、どうやらそれはしっかり顔に出ていたようで……

「別になんでもいいんだ。実際な」

腰紐に短剣を収めた冬隼が困ったように微笑む。彼の空いた手が、翠玉の手を取る。

「そろそろ戻るか……あまり遅くなると泰誠が五月蠅いからな」

まるで離すつもりがないとでもいうように、きゅっと握られた手に引かれて、踵《きびす》を返す。

思えば、形式的に手を重ねる事は今までも何度かあったものの、こうして手をつないで外を歩く事などはなかったように思う。

少し緊張しながらも、恐る恐る握り返せば、冬隼がふっと頬を緩めた気配を感じた。

「なぜ、剣にしたのかと……思っているだろう？」

廟《びょう》の出口まであと少しというところで、冬隼がぽつりと投げかけて来た言葉に、首を傾ける。

以前翠玉が刺客《しかく》の襲撃を受け昏睡《こんすい》状態に陥った際、戦場に向かわねばならなかった彼が、母の形見《かたみ》の剣を翠玉に残していった事があった。そのおかげか、翠玉は刺客《しかく》の追撃を回避することができ、無事に回復する事ができた。

今回もそれにあやかったのではないかと単純に思っていたのだが、違うのだろうか？

答えを求めて冬隼を見上げると、彼はちらりと翠玉に視線を向け、また前を向いて歩き出した。

「何かが起こった時、身の危険が迫った時、俺達は剣を抜くことが多いだろう？　必ずその横に、これがあるはずだ」

繋いでいない方の手で、先ほど翠玉が手渡した短剣に触れると、冬隼の穏やかだった口元がわずかに引き締まる。

「その時に、一瞬でもいいから、互いの存在が過ればいいと思ったんだ。待つ者がいるから、ここで倒れられないと……」

「戒《いまし》めって事？」

問うた言葉に、冬隼が頷く。

彼の言いたい事は、よく分かった。

同時に彼がなぜそんな事を考えたのかにも思い至って、苦笑する。

以前瑞玉は、刺客《しかく》の襲撃に追い込まれ、一瞬だけ己の命を諦めた事がある。それを間近で見ていた彼にとって、それはとても衝撃的だったのだろう。

自分がいる。だから最後まで何があっても諦めるな。命を投げ出すような戦い方は絶対にするなと……

「翠玉だけではない。俺にとっても、これはそういう意味でのお守りだと思っている。何があろうと、俺はお前がいるところに生きて戻る」

歩みが止まり、真剣な面持ちの冬隼と視線がぶつかる。握りあった手にわずかに力が籠った。

彼がどれほど翠玉を失いたくないと思ってくれているのか、その言葉だけで胸が痛むほど、理解できた。

冬隼を失う事など、翠玉だって嫌だ。むしろそんな事を考える事すらしたくない。きっと二人そろって同じ気持ちなのだ。

「私も……必ず戻るわ。何があっても、ここが私の居場所だから」

こてんと頭を冬隼に、もたせかける。

冬隼が妻は翠玉でなければ嫌だと言ってくれたあの時、それまで悩んでいたのが嘘のように、すとんと、自分の居るべき場所が決まった。

ここで彼と生きたい……あの時翠玉は、初めて自らの道を選んだ。

見上げれば、力強い視線で返されて、翠玉は微笑む。

少し前までは、剣を持ち、策を練って、必要とされて戦う事が己の存在意義だった。それで満たされていると思い込んでいたのかもしれない。

だが今は、生きる場所と決めたこの国を守りたい。彼と生きて行くために剣を振るうのだと、それが湖紅国の劉翠玉の存在理由だと、胸を張れる。

どちらからともなく、歩を進め、護衛達の待つ廟《びょう》の外へ向かう。

ここから先は、また慌ただしい時間が流れる。出立が明日と迫る中、二人でいられる時間はそう長くはない。次に会うのは戦場だ。それまでの道中だって、お互いに何が起こるのかも分からない。

先ほど腰紐に挿した短剣に触れると自然と口角が上がる。

大丈夫だ。何があっても、互いに戻る場所がある限り。

お前は俺の運命の花嫁

時は大正、処は日の本。周囲の人々に災いを呼ぶという噂から『不幸の菫子様』と呼ばれ、家族から虐げられて育った名門伯爵家の長女・菫子《とうこ》。ようやく縁組が定まろうとしていたその矢先、彼女は命の危機にさらされてしまう。そんな彼女を救ったのは、あやしく人間離れした美貌を持つ男——神久月氷桜《かぐつきひおう》だった。

「お前は、俺のものになると了承した。……故に迎えに来た」

どこか懐かしい氷桜の深い愛に戸惑いながらも、菫子は少しずつ心を通わせていき……

これは、幸せを願い続けた孤独な少女が愛を知るまでの物語。

各定価:726円（10%税込み）

Illustration七原しえ

もう離すまい、俺の花嫁

家では虐げられ、女学校では級友に遠巻きにされている初音《はつね》。それは、異能を誇る西園寺侯爵家のなかで、初音だけが異能を持たない「無能」だからだ。妹と圧倒的な差がある自らの不遇な境遇に、初音は諦めさえ感じていた。そんなある日、藤の門からかくりよを統べる鬼神——高雄《たかお》が現れて、初音の前に跪《ひざまず》いた。「そなたこそ、俺の花嫁」突然求婚されとまどう初音だったが、優しくあまく接してくれる高雄に次第に心惹かれていって……。あやかしの統領と、彼を愛し彼に愛される花嫁の出会いの物語。

定価:726円(10%税込み)　ISBN :978-4-434-33087-2

イラスト:ザネリ

策謀だらけの後宮に
禁断の恋が花開く!?

「予知の巫女」と呼ばれていた祖母を持つ娘、春玲《しゅんれい》は困窮した実家の医院を救うため後宮に上がった。後宮の豪華さや自分が仕える皇子・湖月《こげつ》の冷たさに圧倒されていた彼女はひょんなことから祖母と同じ予知の能力に目覚める。その力を使い「後宮の華」と呼ばれる妃、飛《ひ》藍《らん》の失せ物を見つけた春玲はそれをきっかけに実は飛藍が男であることを知ってしまう。その後も、飛藍の妹の病や湖月の隠された悩みを解決し、心を通わせていくうちに春玲は少しずつ二人の青年の特別な存在となり……　掟破りの中華後宮譚、開幕!

定価:726円(10%税込み)　978-4-434-33088-9

イラスト:淵゛

覚悟しておいて、
俺の花嫁殿——

就職予定だった会社が潰れ、職なし家なしになってしまった紗和《さわ》。人生のどん底にいたところを助けてくれたのは、壮絶な色気を放つあやかしの男。常磐《ときわ》と名乗った彼は言った、「俺の大事な花嫁」と。なんと紗和は、幼い頃に彼と結婚の約束をしていたらしい!　突然のことに戸惑う紗和をよそに、常盤が営むお宿で仮花嫁として過ごしながら、彼に嫁入りするかを考えることになって……？　トキメキ全開のあやかしファンタジー‼

定価：726円（10%税込み）　ISBN 978-4-434-32929-6

Illustration：桜花舞

この作品に対する皆様のご意見・ご感想をお待ちしております。

おハガキ・お手紙は以下の宛先にお送りください。

【宛先】

〒150-6019 東京都渋谷区恵比寿 4-20-3 恵比寿ｶﾞｰﾃﾞﾝﾌﾟﾚｲｽﾀﾜｰ 19F
（株）アルファポリス　書籍感想係

メールフォームでのご意見・ご感想は右のＱＲコードから、
あるいは以下のワードで検索をかけてください。

アルファポリス　書籍の感想　検索

ご感想はこちらから

アルファポリス文庫

後宮《こうきゅう》の棘《とげ》3　～行《い》き遅《おく》れ姫《ひめ》の出立《しゅったつ》～

香月みまり（こうづき みまり）

2024年 1月 31日初版発行

編集－加藤美侑・森 順子
編集長－倉持真理
発行者－梶本雄介
発行所－株式会社アルファポリス
〒150-6019東京都渋谷区恵比寿4-20-3 恵比寿ｶﾞｰﾃﾞﾝﾌﾟﾚｲｽﾀﾜｰ19F
TEL 03-6277-1601（営業）　03-6277-1602（編集）
URL https://www.alphapolis.co.jp/
発売元－株式会社星雲社（共同出版社・流通責任出版社）
〒112-0005 東京都文京区水道1-3-30
TEL 03-3868-3275
装丁イラスト－憂
装丁デザイン－西村弘美
印刷－中央精版印刷株式会社

価格はカバーに表示されてあります。
落丁乱丁の場合はアルファポリスまでご連絡ください。
送料は小社負担でお取り替えします。
©Mimari Kozuki 2024.Printed in Japan
ISBN978-4-434-33089-6 C0193